「おにいさまあぁぁぁぁ!!!!」
洗脳されてから行方知れずになっていたスーと感動の再会……!?

――《ワールドクエスト発動》
突如全人類に降ってきた天からの声。
その内容に、人々は大きな決断を迫られる――!!

蜘蛛《くも》ですが、なにか？ 15

Kumo desuga, nanika? 15

著：馬場翁
okina baba
イラスト：輝竜司
tsukasa kiryu

カドカワBOOKS

口絵・本文イラスト
輝竜司

装丁
伸童舎

contents

アリエル

魔王

ポティマスの不死研究の実験で生まれた、人間と蜘蛛のキメラ。ポティマスの研究所から助け出された後、女神サリエルの孤児院にて育つが、自らの毒に身体を蝕まれ病弱だった。今代の魔王に就任後、ポティマスを討つため着々と準備を進めていたが、エルロー大迷宮に突如現れた謎の蜘蛛に手を焼かされ、最終的に共闘の道を選ぶ。

白

第十軍軍団長

真名、白織《しらおり》。通称、白。日本の高校生だった記憶をもつ転生者で、前世の記憶は若葉姫色《わかばひいろ》。エルロー大迷宮に生まれ落ち、幾多のサバイバルを乗り越えた結果、人間からは『迷宮の悪夢』と恐れられ、魔王アリエルの手を焼かせた張本人。大陸を破壊すると言われた爆弾エネルギーを吸収したことにより、神化を成し遂げた。

ソフィア・ケレン

吸血鬼

サリエーラ国のケレン領主の一人娘。前世の名前は根岸《ねぎし》彰子《しょうこ》。前世では「リホ子（リアルホラー子）」というあだ名でクラスメイトから怖がられるほどの陰キャだった。今世では、この世界にはすでに存在しないはずの吸血鬼の真祖として生まれた。

ラース

第八軍軍団長

前世の名前は笹島京也《ささじまきょうや》。ゴブリンに生まれ変わり幸せに暮らしていたが、帝国軍の襲撃により村も家族もすべてを失った。その後、自我を失い各地で暴走していたところをアリエルや白に助けられ、魔族軍に身を置くことに。勇者シュレインとは前世では親友だったが、今は立場上敵対関係にある。

魔族軍 CHARACTER INTRODUCTION

メラゾフィス

第四軍軍団長

ケレン家に執事として仕える人族だったが、窮地に際し、ソフィアによって吸血鬼に変えられる。仕えていたケレン領主夫妻が亡きいま、ソフィアを守り抜くため命がけの努力を重ねている。

ギュリエディストディエス

第九軍軍団長

世界、およびシステムを管理する管理人の一人であり、神。その権能として龍や竜を従えている。

フェルミナ

第十軍副団長

もともとソフィアが通う学園の学生だったが、いろいろあった結果、婚約者を奪われ、さらに学園を追われ、家も勘当されてしまった。家名を失ったフェルミナを白が拾い、立派な密偵として育てあげた。

パペット・タラテクト・シスターズ

パペットタラテクト。少女に見える外見は人形で、本体は小さな蜘蛛型の魔物。人形の中から操っている。アリエル直下の眷属であったが、今は白に懐いている。

アエル

しっかり者だけどちゃっかり者でもある、長女的な存在。

リエル

どこか宙を見つめていたり、奇行に走ったりと謎が多い。

サエル

命令以外のことを何も出来ない。

フィエル

イタズラ好きで人懐っこく、元気っ子。

❖転生者

シュン

勇者

アナレイト王国第四王子に生まれ変わった転生者。前世の名前は山田俊輔《やまだしゅんすけ》。前世では何事においても平均的な男子であったが、今世では王子に生まれ変わり、さらに勇者という称号を引き継いでしまったが為に激動の人生を送ることに。尊敬する兄であり、先代の勇者であったユリウスの背中を追っている。

カティア

男子高校生から公爵家のご令嬢に生まれ変わった転生者。前世の名前は大島叶多《おおしまかなた》。ユーゴーに掛けられた洗脳を自ら命を絶つことで解き、その際シュンに命を救われる。その事件をきっかけに心身共に女として生きることに踏ん切りがつき、今ではシュンの立派な正妻の立ち位置に。

フェイ

地竜として生まれ変わった転生者。前世の名前は漆原美《しのはらみ》麗《れい》。シュンと契約をした後、地竜から光竜へと進化する。人化の能力で人型でいることが多いが、戦闘力は光竜のときのままなので、基本ステータスだけで見るとシュンより強いかもしれない。

フィリメス

シュンたちの担任だった岡崎香奈美《おかざきかなみ》先生。エルフに生まれ変わり、幼少期から生徒達の保護のため、死力を尽くして駆け回ってきた。ポティマスの支配が行き渡ったエルフの里で生まれ育っているので、「管理者は敵」という考えを信じ込んでしまっている。

人族 CHARACTER INTRODUCTION

転生者

ユーリ

聖女候補

聖アレイウス教国の聖女候補。前世の名前は長谷部結《はせべゆい》花《か》。神言教に傾倒しており、熱心に布教をしている。前世の頃からシュンに好意をもっており、今世でもそれは変わらない。

ユーゴー

レングザンド帝国の王太子として生まれ変わった転生者。転生前の名前は夏目健吾《なつめけんご》。帝国内のいざこざの余波を大いに受け、性格が歪み、尊大な態度を取るようになっていった。白の傀儡になり、アナレイト王国転覆やエルフの里への侵攻を指揮した。

クニヒコ／アサカ

前世の名前は、田川邦彦《たがわくにひこ》と櫛谷麻香《くしたにあさか》。前世から幼馴染みだったが、今世でも幼馴染み。魔族領が近い人魔緩衝地帯の傭兵村にて生まれ育つも、突然やってきた魔族・メラゾフィスに一族を壊滅させられる。全てを失った二人は、前世の名前を名乗って冒険者になる。冒険者の中ではかなり有名な実力者。

工藤沙智《くどうさち》

元クラス委員長。今はエルフの里に集められた転生者たちのまとめ役。まだ幼いときに両親に売られ、エルフの里にやってきた。前世では担任の岡ちゃんと仲が良かったが、里での監禁生活のせいで今は不信感と敵意を抱いている。

草間忍《くさましのぶ》

神言教に所属し、密偵活動をしている。長いものには積極的に巻かれにいく精神で、前世からパシられ体質だった。エルフの里攻防戦では、転移陣を魔剣で破壊する役を担っていた。

◆エルフ

ポティマス

エルフの里の族長。システム構築前から生き続け、世界を崩壊直前まで追い込むきっかけを作った元凶。不死に至るというただ一つの目的を達成するため、手段を選ばず各地で暗躍していた。……が、白というイレギュラーを前に、ようやく舞台から退場することに。

◆神言教

ダスティン六十一世

神言教教皇

死後、記憶を継承して生まれなおすという効果を持ったスキルの持ち主。システム構築前から現代までの記憶を保持し続け、人族を救うため、世界を救うために、何代にもわたって人生を費やしている。

◆女神

サリエル

はぐれ天使。神言教からは神言の神、女神教からは女神と言われているその人。世界を崩壊から救うため、システムの中枢としてその身を捧げ、身を削られながらシステムを存続させている。

◆管理者

管理者D

邪神

神々の中でも特に強い力をもった最上位神の一柱。面白ければそれで良い。物語を引っかき回すだけひっかき回して、自身は傍観する最悪のトリックスター。

❖その他

ロナント・オロゾイ

帝国筆頭宮廷魔導士

かつて『迷宮の悪夢』の魔法を目の当たりにして惚れ、単身エルロー大迷宮に乗り込んで師と仰ぐほどの変態。しかし、人族最強の魔導士であることは間違いない。エルフの里の攻防戦でポティマスの兵器と対峙し生き残った、数少ない猛者の一人。その際、パペット・タラテクト・シスターズと共闘(?)し、仲が深まった。

ハイリンス・クオート

アナレイト王国クオート公爵家の次男。ユリウスの幼馴染みで勇者パーティーの一員だった。ユリウス亡き後はシュンのパーティーに加わり、兄貴分としてエルフの里へ導く。その正体はギュリエディストディエスの分体。

スー

アナレイト王国第二王女。シュンの異母妹。シュンに近づく者全員、凍てつくような視線で殺しかねない極度のブラコン。シュンの命を秤に掛けられ、白に協力することに。

前巻あらすじ　story

不死という自らの望みを叶えるため、MAエネルギーを大量消費して世界を滅びに導いていたポティマス。世界の害悪であるポティマスとその支配下にあるエルフを滅ぼすため、魔王アリエル率いる魔族軍は、帝国軍を隠れ蓑にしてエルフの里へ侵攻した。魔族軍の侵攻を予期していたポティマスは戦場に秘密兵器を投下。帝国軍兵はエルフ諸共、為す術もなく屠られていく。しかし、白の活躍により兵器はことごとく潰され、一人別の星へ逃亡を図ったポティマス自身も、アリエルの手によってついに最期を迎えたのだった。

1　新しい朝

おはようございます。

朝です。

残念ながら爽《さわ》やかな、という形容詞はつかないけど。

私が一晩寝た場所は、エルフの里で無事だった家。

物語に出てくるエルフの家っぽい、木の中をくりぬいて作ったツリーハウス。

ツリーハウス？　うん、まあ、間違っちゃいない。たぶん。

実にファンタジーでファンシー。

そんでもってメルヘン。

普段寝る時はマイホームに引きこもる私だけど、こんなものを見せられちゃ、一晩くらい泊まってみたくなるじゃん。

が、残念ながらあんま居心地《いごこち》はよろしくなかった。

なんて言ったたって戦後だもんよ。

ポティマスの秘密兵器、ウニだとか三角錐《さんかくすい》だとかが派手にやらかしてくれたおかげで、元は緑あふれる森だった場所が、現在は焼け野原。

ぶっちゃけ焦げ臭い。

焼け野原になっちゃった場所からはだいぶ離れてるんだけど、それでも臭ってくるっていうね。

ここらへんでもロボとかつよロボとの戦いがあって、その残骸《ざんがい》がまだ転がってるしなあ。

あのロボどもはガソリンとかで動いてるわけじゃないっぽいので、それが漏れ出して臭いがヤバイってことはないけど、かすかに金属臭とかそれが焦げた臭いとかが、ね……。

焼け野原の臭いに比べればだいぶマシだけど。

こういう時は嗅覚《きゅうかく》強化のスキル持ってると大変そうだな。

私は神化した際にただの人間並みに嗅覚が落ちてるけど、その前の状態だったらこの臭いに悩まされて寝るに寝れなかったに違いない。

イヤ、スキルオフにすればいいだけの話なんだけどさ。

それに、ここにもともと住んでいたのはエルフ。

それだけでなんかちょっと胸糞《むなくそ》悪くなる。

しかも、元の住民は私たちの手で殺してるわけだし。

幽霊とか怨念《おんねん》とか、そういうのが怖いってわけじゃないけど、それでもやっぱなんか気分的によろしくはないわな。

あとやっぱりというかなんていうかだけど、血とか臓物的な臭いが、ね……。

結論、家の住み心地云々の前に、時期が悪すぎてあかんかった。

旅行とかで一泊するんだったらまた違った感想になっただろうけど、この状況じゃねえ。

寝心地《ねごこち》も悪くてなんか夢見も悪かったし。

せっかく大仕事を終えたあとなんだから、気分よく寝れてもよかったと思うんだけどなあ。

その大仕事っていうのが、エルフの大虐殺だったわけだし、やっぱ気分よくお目覚めってわけにはいかんか。

エルフの里を攻め滅ぼすという大仕事。

その目的はもちろんポティマスをぶっ殺すこと。

この星がこんな滅茶苦茶な状況になっているのは大体あいつのせいだからね。

その元凶をぶっ倒して、歪《ゆが》みを少しでも矯正する。

それが今回のお仕事。

まあ、ポティマスについては魔王の因縁、っていう側面もあるわけだけど。

魔王にポティマスの始末を譲ったことは、正直複雑な気分。

ポティマスとの戦いで、魔王は念願かなって奴《やつ》に止めを刺すことができた。

けど、その代償はでかい。

魔王は戦いの反動で、ほとんど戦えない体になってしまった。

それだけじゃない。

むしろそんなことよりも、こっちのほうが重要で、魔王の寿命はもう残り少なくなってしまった。

もともと魔王は自分の寿命を悟って、魔王という役に就いた。

魔王は肉体的には不老だけど、魂はもう限界近くにまでなっていた。

それは魔王のステータスに表れている。

魔王のステータスはスキル含めて変化がなくなっていた。

システムによるステータスやスキルの強化は、倒した相手の魂の一部を経験値という形で吸収し、
自身の魂に定着させていくという方式だ。

いわば強制的に魂を肥大化させていっているってこと。

そして、魔王の魂はすでに破裂寸前の風船みたいにパンパンに膨らんでいた。

だから、注がれた経験値という名の魂を吸収することができず、それ以上ステータスやスキルが変化しなかったわけだ。

そして、そんな状態の魔王の魂に、さらに追加の経験値を受け入れられるはずもなく。

魂が破裂するか、風船に穴が開いたみたいに中身が漏れてしぼんでいくか。

どういう形になるにせよ、魔王の魂は限界を迎えていた。

だからこそ魔王は近い将来、自分は死ぬと予見。

とは言え、それはアホみたいに長生きしてきた魔王の感覚でのこと。

普通の人間の感覚からすると、まだまだ十分な時間があったはず。

それが、ポティマスとの戦いで一気に減った。

今の魔王の様子はいつ死んでもおかしくないように見える。

それを見ちゃうと、はたしてポティマスと戦わせてホントによかったんだろうかって思っちゃう。

それが魔王たっての頼みでも、断固として拒否しておけばよかったんじゃないかって。

けど、それと同時に、魔王がポティマスと当たってくれたおかげで、私は無駄にエネルギーを浪費せずに済んだっていう、計算も頭の中に浮かんじゃうんだよね。

魔王が死にかけて得た、価値ある勝利だっていうのに、それを数字で計ろうとしている。

こういうところは我ながらゲスイなー。

自己嫌悪。

ん、まあ、気持ち切り替えていこう。

起きた過去は変えられん。

反省はする。だが、後悔はしない。

後悔するってことはそれまでの自分を否定することだからね。

何があっても、受け入れて、それを糧にして前に進んでいかなきゃ。

さてさて。

そんじゃあ、前に進むためにまずは捕虜の様子でも見てくるかな。

今回の戦いで捕虜になったのは、山田《やまだ》くんを始めとした勇者一行。

そしてこのエルフの里に保護という名の監禁をされていた転生者たち。

それと、エルフでは唯一の生き残りである先生。

以上。

つまり、ほぼほぼ転生者だけ。

エルフは皆殺しにしちゃったしね。

エルフっていうのはポティマスのクローンがベースの種族。

ポティマスのクローンがいて、そのクローンとエルフに改造された人、あるいはその子孫が、エルフと呼ばれる種族。

どうもエルフは転生者たちを拉致《らち》ってくる前から、そういう拉致をしでかしていたらしい。

で、拉致ってきた人をエルフに改造して、ポティマスのクローンと子供を作らせる。

ポティマスのクローンだけだと遺伝子的に偏りが出すぎちゃうからね。

そうやって生まれてきた子供をエルフとして育てる。

その性質上、エルフはその大半がポティマスの血縁者ってことになる。

種族っていうか、血族？

まあ、そんなわけで、エルフは根絶やしにしたほうが何かといいのだよ。

例外は先生と、ハーフエルフ。

先生はもちろんだけど、ハーフエルフにまで手を回していたらメンドイ。

私の目も万能じゃない。

行き届かないところもあるし、見逃しもある。

なるべくエルフは根絶やしにしたほうがいいと思うけど、このエルフの里の外にいる連中全部を始末するのは骨が折れる。

ある程度取りこぼしても、まあ、しゃあなし。

というわけで、エルフとは縁を切って野に下った連中はスルー。

だから、山田くん一行にいるハーフエルフもスルーすることにした。

なんかそのハーフエルフ、一回死んだらしいけど、ノーカンノーカン。

生き返ったからいいんだよ。

それで山田くんがぶっ倒れたみたいだけど、私は知らん！

知らんぞ！

どうなっても知らんぞ！

うん。

山田くんがどうなったのか、ちょっと怖いけど見ないとダメだよなー？

たぶん、山田くんがぶっ倒れたの私のせいだしー。

あれだよね？

たぶん禁忌カンストしたんだよね？

どうしよう、禁忌にあてられて性格が豹変《ひょうへん》してたりしたら……。

あー、怖い。

ていうか、他の転生者たちへの説明とか、しなきゃダメかなー？

鬼くんに丸投げしちゃダメ？

口を開くのが億劫《おっくう》でござる。

ある意味エルフの里を落としたのよりも難易度の高いクエストがこの後待っている。

憂鬱《ゆううつ》だ。

とりあえず、様子見に行くか。

そうしてツリーハウスから出て向かった先では、死体の山が築かれていた。

イヤ、マジで。

比喩《ひゆ》でも何でもなくホントに。

山となっている死体の正体は、エルフの里に攻め込んだ帝国軍のなれの果てである。

夏目《なつめ》くんがここまで率いてきた帝国軍は、エルフと戦い、そのうえ背後から挟撃される形で魔族軍に襲撃されと、散々な目にあって瓦解《がかい》した。

もちろん生き残りも結構いるけど、いわゆる軍事的な意味での全滅と言ってもいいレベルで打撃を受けている。

死傷者が三割超えたら全滅だっけ？

四割だっけ？

まあ、それよか被害がでかいのは確実だね。

夏目くんが直接率いていた部隊は、山田くん一行や先生といった、割と普通の面々を相手にしたので被害も少なめ。

けど、それ以外の部隊となると、ポティマスの秘密兵器とやりあうはめになったりしてるから、文字通り全滅した部隊もあったっぽい。

秘密兵器って言っても、私が相手にしたウニだとか、魔王が相手をしたらしいグローリアオメガとかいうのとは違う、量産品。

私がロボって呼んでるあれだ。

つよロボでさえない、量産品のザコだ。

とは言え、私からしてみるとガラクタ同然のものでも、この世界の人々の基準からしてみるととんでもない脅威。

どれくらいの脅威かって言うと、あのロボあれで地龍《ちりゅう》アラバと同等以上だったりするんだよなー。

普通の人間には対抗できないくらいの強さの兵器で、それが量産品って言うんだからもちろんのことワラワラ出てくる。

うん。普通に死ねるね。

結果、出来上がったこの死体の山。

どうやら生き残った帝国兵と、メラの部下たちが夜通し戦場跡から回収してきていたみたい。

私が寝心地《ねごこち》悪いなんて言ってる間に、彼らは戦ったその日のうちに徹夜で働いていたのか。

なんかすまぬー。

贅沢《ぜいたく》言ってすまぬー。

寝れただけでも好待遇だった。

異世界の兵士は死ぬまで戦って、死ななかったら徹夜で働かされる、超絶ブラック職業だった件。

異世界に憧《あこが》れる諸君！　君も異世界で兵士にならないか？

……なんかすっごい哀れに感じてきた。

もともと帝国軍の兵士諸君は使い捨てられる予定だったわけだし、こうなったのも想定通りなんだけどねー。

わざわざ死んでもいい、腐敗してる帝国の貴族の兵とかを夏目くんに召集させて編成したんだけど、上が腐ってるだけで兵士たちに罪はないもんなー。

中には上から垂れてくる甘い蜜《みつ》を吸ってたのもいるだろうけど。

まあ、彼らはしっかりと己の役割を全うしてくれた。

なので、それなりの待遇で弔ってやるべきだと思う。

さすがにここから死体をそのまま帝国に持って帰ることはできないので、遺品を持ち帰るか、それとも火葬して遺灰だけ持って帰るか。

どっちにしろ手厚く葬ってやらなきゃね。

対して、エルフの死体はここにはない。

全部私の腹の中に消えた。

より正確に言えば、私の分体たちが手分けして食った。

これはこれで、私なりに手厚く葬っているんだよ？

だって、自然界では殺した相手は食べるのが礼儀ってもんでしょ。

その死体は私に食われ、私の血となり肉となる。

うむ、素晴らしい。

ポティマスも自分の身内が神の血となり肉となるんだから、泣いて喜ぶに違いない。

「白様。おはようございます」

死体の山を眺めていたら、メラが近寄ってきて挨拶《あいさつ》してきた。

「朝食はお済みですか？　まだでしたら用意させますが」

なんかやたら手際よく朝食の案内をされた。

イヤ、うん。

メラはいろいろと気が回るし、普段であればこういう風に言われても違和感ないんだけど、今は軍団長って立場でここにいるわけで。

部下がまだ周囲にいるのに、一応役職的には同格の私にここまで気を使う姿は、ちょっとおかしい。

メラは公私の切り替えもちゃんとできる人物だからね。

部下にあからさまに自分のほうが下ですって姿は見せないはず。

……まさかとは思うけど、メラくんや？

私が死体を食べるんじゃないかと危惧《きぐ》したりしてないか？

目を開けていたらきっとジト目になっていただろう。

そんな雰囲気を感じ取ったのか、メラの目が若干泳ぐ。

常人には感知できないくらいの些細《ささい》な動揺だけど、私の目は誤魔化《ごまか》せん。

この野郎。

まあ、いい。

朝食食べてないのは確かだし、ここはメラの言う通りに用意させよう。

それくらいのことはしてもらわないとこっちの気が済まん。

っと、殺気？

鋭い殺気と、さらに魔法を使う気配。

私に一瞬遅れてそれを感知したメラが動き出そうとするのを手で制する。

「ふむ。やはりこの程度では脅威どころか威嚇にすらなりませぬか」

殺気を放っていた人物がゆっくりとこちらに歩み寄ってくる。

帝国軍の将の一人、名前は確かロナント。

勇者ユリウスの魔法の師匠と言った方が通りがいいかな。

「どういうつもりだ？」

そのロナントに向けて、メラが殺気を送り返す。

メラの放つ殺気は威圧とかのスキルの影響でとんでもないことになっている。

近くで作業していた魔族軍や帝国軍の兵士が、青い顔したり耐えられずに倒れたりしている。

その威圧の中、ロナントは平然と笑みを浮かべている。

む、さすがだてに人間の中では長生きしてないな。

ステータスだけを見ればメラのほうが圧倒的に強いはずだけど、貫禄《かんろく》で言えばロナントのほうが大物っぽく見える。

「なに、ちょっとした挨拶代《あいさつが》わりじゃよ」

「ほう。帝国では挨拶代わりに魔法を放とうとするのか。それは初耳だな」

飄々《ひょうひょう》とした態度のロナントに対して、メラはさらに威圧感を増していく。

一触即発といった感じのピリピリとした空気。

なんだけど、その空気をぶち壊すものがある、っていうかいるんだけど……。

これ、ツッコんでいいのかな？

フィエルちゃんや、なんでロナントの背中に張り付いてるんだい？

フィエルがロナントの背中に張り付いてるせいで、メラが爺孫《じい》にガンくれてるＤＱＮみたいな構図になっちゃってるじゃん。

なんだこれ？

意味がわからないよ。

メラも威圧しながらどことなく困惑している。

そりゃ、ねえ？

「これしきの事で過剰反応しておると器が知れるぞ？　現にそちらの御仁は儂《わし》が魔法を実際に放つつもりなどなかったと見抜いて泰然としておるではないか」

イヤ、それもそうなんだけど、私が動かない一番の理由はあんたの背に乗ってるフィエルの存在に困惑してるからなんですが。

幼女を背にしてドヤってる爺。

なんだこいつ感が半端ない。

「そちらの御仁と儂には浅からぬ因縁があってのう。無論、そちらからしてみれば儂など歯牙《しが》にもかけておらぬのじゃろうが、だからこそここで挨拶して名前を覚えてもらおうと思った次第じゃよ」

あ、うん。名前はもう知ってるんだ。

そんでもってこんだけインパクトのある登場のし方されると忘れようにも忘れられないと思う。

「儂の名はロナント・オロゾイ。レングザンド帝国筆頭宮廷魔導士なり」

バーン！　という効果音が似合いそうな感じで名乗り上げる爺さん。

直後にその両頬を引っ張るフィエル。

蛙顔になった爺さんがそこにいた。

「ぶふっ⁉」

メラが吹いた。

私も危うく吹き出すところだった。

今のタイミングで変顔決められたら吹くだろ！

お笑い芸人が見てたら「ずるい！」って言うよ！

こんなん笑うしかないだろ！

だ、ダメだ。ここにいたら笑っちゃう。

「行こう」

「えっと、よろしいのですか？」

困惑しまくりなメラに、力強く頷《うなず》いて肯定。

私の腹筋と表情筋が仕事してるうちに撤退だ！

変顔したまま固まってる爺に背を向け、スタスタと歩き去る。

「お主なんてことしてくれたんじゃ⁉」

っていう叫びが背後から上がったけど、気にしない。

メラはチラチラと爺に視線を向けていたものの、私が迷いなく歩いていってしまうので慌てて後を追いかけてきた。

後ろから「ま、待ってくだされ！」とかなんとか聞こえた気がしたけど、きっと気のせい。

きっと「押すなよ！」的なお笑い芸人のフリだろう。

ならば待たないことが正解に決まってる。

転生者たちと会う前に、なんかどっと疲れた。

ないわー。

変顔爺との遭遇で出ばなをくじかれちゃったけど、朝食のために改めてメラに案内されたのは、私が寝起きしたのと同じようなツリーハウスだった。

魔族軍は野営のためのテントとかも持参しているけど、それよりかはやっぱりちゃんと屋根のある建物のほうが居心地《いごこち》はいいからね。

一部の区域は使い物にならなくなっちゃったけど、だだっ広いエルフの里にはまだまだ使える住宅が残っている。

住民もいなくなったんだから、それを使わない手はない。

「あら？　おはよう」

ツリーハウスの中では、吸血っ子が優雅に朝食を食べていた。

この家にあったものなのか、木製の皿に盛られた料理の数々。

朝食ということで量は控えめだけど、種類が豊富で見ているだけでも飽きない。

パンにサラダに果物と、一口サイズの肉のステーキにスクランブルエッグ。

戦後一日目の朝食とは思えない豪勢な内容の食事を、ナイフとフォークを使ってお上品に食べる吸血っ子。

貴族か⁉

あ、生まれは正真正銘貴族だった。

「二人分追加で用意を」

メラが奥にいた部下に指示を出す。

どうやらここは将校とか専用の食事処として扱っているらしい。

指示を受けた人はすぐに奥に引っ込んでいった。

たぶんあの奥が調理場なんだろう。

ていうか、二人分ってことはメラも一緒に食べるのか。

なんか、吸血っ子とメラが一緒の食卓に着くのってすごい久々に見る気がする。

一応メラは吸血っ子の従者だからねー。

主人と一緒に食事をとるって、なんかどうなのって感じはある。

サリエーラ国から魔族領に行くまでの旅では普通に一緒に食べてたから、今さらっちゃ今さらだけど。

まあ、それに軍団長のメラのほうが公式の立場は上だしなー。

ん？

それ言ったらむしろここで食事をとってる吸血っ子って場違いじゃね？

私とメラはちゃんと軍団長っていう役職についてるけど、吸血っ子って無役だよね？

そこらへん事情を知らない魔族軍の人たちはどう感じてるんだろう？

んー、まあ、ここで堂々と将校待遇受けてるし、一般兵もいろいろ察してるのかな？

そんなどうでもいいことを考えながら、メラに椅子を引かれて座らされる。

は⁉　気づいたら座っていた！

なんというエスコート力！

これができる男の力か！

なんて感心してるうちにメラも席につく。

よくよく見てみれば、メラの顔には疲労の色が浮かんでいる。

エルフたちを相手に戦闘した後に、徹夜で戦後処理をしていたんじゃ、そりゃ疲れるわな。

食事もろくにとってなかったっぽいし。

でなければメラが私や吸血っ子と一緒に食事をとろうとはしないっしょ。

きっと遠慮して後で一人で食べる。

吸血っ子以外の人がここで食事してないのも、きっと仕事してたり疲れて寝てたりしてるからじゃないかな。

朝っぱらから吸血鬼二人が優雅に朝食食ってるのはすんごい違和感あるけど。

「アリエルさんは寝てるわ。京也《きょうや》君はその護衛中。フェルミナは知らない」

私の考えが透けて見えたのか、他の人たちが今何をしているのか吸血っ子が教えてくれた。

しかし、フェルミナちゃん、知らないって。

フェルミナちゃんのことだからきっとあくせく働いてくれてるんだろうけど、相変わらず影が薄いな。

ていうか、フェルミナちゃんは私の部下だし、その行動は私が把握してないとまずいんじゃないか？

……大丈夫だ！　問題ない！

きっと、おそらく、たぶん。

「ああ、あと、草間《くさま》くんは他の転生者たちのところに行ってるわ。今ごろ一緒に朝ご飯でも食べてるんじゃない？」

草間くん、ああ、そういえばいたっけ。

教皇子飼いの忍んでない忍者な草間くん。

草間くんは教皇お抱えの暗部の幹部を父親に持っているらしく、それ経由で教皇に転生者の存在を露呈させる原因になったらしい。

その後草間くん自身も暗部に所属して、鍛えていたようだ。

私たちとは対エルフで教皇と一時協定を結んだ際、引き合わされている。

鬼くんとは前世から割と親しかったらしく、教皇との打ち合わせの際には休憩時間とかに談笑していたなー。

私や吸血っ子は草間くんのあのテンションの高さにややついていけないので、そんな交流してないけど。

うん、草間くんって前世の頃《ころ》からお調子者っていうかムードメイカーっていうか、陽《よう》の気が漂うキャラだったからね。

陰の気の私や吸血っ子とは合わないのだよ……。

なんでそんな草間くんに忍者なんてユニークスキルがあるのかは、たぶん草間くんの下の名前が忍《しのぶ》だからっていう安直な理由なんだろうなー。

Dならやりかねない。

けど、そうかー。

草間くんからしてみると久々の級友との再会。

気分は同窓会かねえ？

私は、あれだから別にわざわざ旧交を温めに行こうとか思わないけど、吸血っ子や鬼くんはそこんところどうなの？

「何？」

私の疑問がわかったわけじゃないだろうけど、吸血っ子の声に不機嫌さが滲《にじ》む。

あ、はい。

そういえば吸血っ子は前世にあんまいい思い出がないんだっけか？

まあ、ここでこうして食事をしてる時点で、察せられるか。

とは言え、この後の転生者への説明会には強制参加な。

あと鬼くんも。

あ、そういえば。

転生者で思い出したけど、山田くんはどうしてるだろう？

そろそろ目を覚ましたかな？

吸血っ子は何か知ってるか？

「山田くん」

「は？　……えーと、ああ。まだ寝てると思うわよ。私が知ってる限りじゃ、起きたって話は聞いてないわ」

長年の付き合いで、吸血っ子もだいぶ私の意を汲《く》んでくれるようになったけど、それでも時々考え込む。

今回も私の短い問いかけの意味を一瞬理解できなくて、言いよどんだっぽい。

読解力がまだまだ足りぬ。

鬼くんを見習うが良い。

「むしろそっちよりも、洗脳が解けた長谷部《はせべ》さんのほうがやばいかもね。ずいぶん錯乱してたらしいから」

あ。

そういえば、そうだった。

夏目くんに洗脳させた転生者のうち、自力で洗脳を解除した大島《おおしま》くんはいいとして、もう一人、長谷部さんは今までずっと洗脳されっぱなしだった。

それが解除されて、正気に戻ったら？

あー……。

記憶の消去とかでアフターケアしとくべきかもなー。

「今は強制的に眠らせてるらしいから、気になるのだったら後で見に行けば？」

そうしよう。

が、その前に食事だ！

運ばれてきた食事を美味《お》しくいただく。

うーん。

戦後すぐだっていうのに贅沢《ぜいたく》。

お偉いさん特典だね。

夜通し働かなくてもこうやって美味しいご飯にありつけるなんて、いい役職に就いたもんだ。

隣のメラと、どこかで今も働いているフェルミナちゃんと、魔王の護衛をして一睡もしてないだろう鬼くんのことは忘れる。

みんな頑張って働いてくれたまえー。

内心でそんな我ながらひでーなと思うようなことを考えつつ、朝食を美味しくいただいた。

ごちそうさまでしたっと。

朝食を食べ終えたら、メラとはここでいったんお別れ。

まだまだ戦後処理が終わってないからね。

帝国軍の死体の処理だとか捕虜の扱いだとか。

徹夜からのぶっ続けの作業だけど、引き続き頑張ってほしい。

で、私と吸血っ子はと言うと、魔王のところに行くことにした。

魔王はまだ寝てるだろうけど、その護衛をしている鬼くんを回収するためだ。

転生者たちと会う場合、鬼くんのコミュニケーション能力は必要不可欠。

鬼くんがいるのといないのとでは、ミッションの成功率が段違いとなる。

そうしてやってきた鬼くんのところ。

事前に何の説明もしてなかったけど、鬼くんはさすがというべきか、私のジェスチャーで言いたいことを察してくれた。

なので、スムーズに鬼くんを連れ出すことができた。

護衛にはアエル、サエル、リエルの三人がいるし、鬼くんが抜けたところで支障はないだろう。

ていうか、爺《じい》に張り付いてたフィエルは何してたんだ？

なんで魔王の護衛しないで爺の背に張り付いてたの？

謎だ。

さて、準備も整ったし、転生者たちのところに乗り込むか。

……乗り込まなきゃいけないかー。

気が乗らねー。

若葉《わかば》姫色《ひいろ》を知っている転生者たちと会う。

それだけでなんか気が乗らないのに、さらに説明のためにどうあっても口を開かなきゃならないとか。

何その罰ゲーム？

あー、行きたくない。

行きたくないけど行かなきゃならない。

ホントにそうか？

よくよく考えてみたら、別に転生者たちに事情を説明する義務なんかなくない？

このまま黙って彼らには事情もわからず右往左往してもらうっていうのは？

ありかなしか。

あり！

「白さん。なんかよからぬことを考えてないかい？」

ぐぬ！

鬼くん、貴様エスパーか⁉

むむむ。

ハア。

しょうがない。

鬼くんにツッコミをいただいてしまったし、覚悟を決めて乗り込むか。

そうしてやってきた転生者たちがいるツリーハウス。

エルフとの戦いに際して転生者たちはいったん私の異空間に隔離していたんだけど、戦いが終わってからすぐにこのツリーハウスに突っ込んでおいたのだ。

山田くんたちとかも夏目くんを除いてここに放り込んである。

大所帯の転生者たちを一ヵ所に突っ込むのは狭いだろうし申し訳ないんだけど、そっちのほうがこっちとしても管理がしやすくていいんだよね。

一応中で男女は分かれるようになっているはずだから、間違いは起きてないはず。

見張りもちゃんといるし。

合意の上でなら？　知らん。

ツリーハウスの扉に手をかける、が、何の変哲もないその扉が今の私には重々しく感じられる。

顔を合わせたら色々言われるんだろうなー……。

なんせ私ってば顔はまんま若葉姫色だし。

ああ、ちなみに彼らを異空間に隔離した時も出した時も、私は顔を見られないようにしている。

転生者たちからしてみたらいきなり見知らぬ異空間に放り込まれ、すぐに放り出されと、たぶん訳わかんなかったろうな。

そんなところに事情を知ってそうな若葉姫色顔の私がのこのこと入っていったら、質問攻めにされる未来が見える！　見えるぞぉ！

ああ、イヤだイヤだ。

イヤだけどいつまでもうだうだと時間を引き延ばしているわけにもいかない。

よし！　覚悟を決めて中に入ろう。

そうして開けた扉の先では、草間くんと荻原《おぎわら》くんが縄で縛られていた。

パタン。

思わず扉を閉める。

ん？

んん？

んんん⁉

何、今の？　幻覚か？

この私に幻覚を見せるほどの高度な使い手がいるということか⁉

見間違いとかそういうのじゃないことを確認するためにも、もう一度そーっと扉を開ける。

そこにはやっぱり草間くんと荻原くんがお縄についていた。

……うん。

まあ、うん。

ええっと、うん。

百歩譲って縛られてるのは、まあ、いい。

草間くんと荻原くんは、神言教の手先。

草間くんはこのエルフの里を襲撃した犯人、つまり私たちの一味だし、荻原くんはわざとエルフに捕まって内部から情報をリークしてた密偵。

そう、荻原くんも教皇の息のかかった転生者なんだよね。

荻原くんは無限通話っていうユニークスキルの持ち主で、何とエルフの里に張ってあった結界の中からでも外に念話を送れた。

これ地味にすごい。

エルフの里に張ってあった結界はＭＡエネルギーをバカみたいに消費してるだけあってかなり高性能だったからね。

それをものともしてなかったたっていうのは地味にすごい。

たかが念話。されど念話。

荻原くん経由でエルフの里の内情が知れたのは、襲撃作戦を実行に移すにあたってなかなか大きかったのは言うまでもない。

そのためにわざとエルフに捕まってこのエルフの里に軟禁され、何年間も過ごしてきたんだから頭が下がる思いだね。

まあ、それはあくまで私たちの目線での話。

他の転生者たちからしたら裏切り者みたいなもんだし、尋問のためにもとっ捕まえるのは、わからなくもない。

ないんだけど、どうして二人は抱き合うような感じで一緒くたに縛られてるの？

普通こういう時って、背中合わせにして縛るものなんじゃないの？

向きが逆じゃね？

草間くんも荻原くんもめっちゃ顔を背けてるけど、それでも顔と顔が触れ合っちゃってるじゃん。

もうちょっと角度が違ったらキスしちゃう距離じゃん。

そして、どうしてそれを女子たちが満足げな表情で眺めているのか？

カメラがあったら撮りだしそうな雰囲気。

まともなのは先生と、元委員長の工藤《くどう》さんと、櫛谷《くしたに》さんだけじゃん。

あ、イヤ。

先生は「こんなことよくありませんー」とか言いつつも、顔を覆った手に隙間《すきま》を作ってチラチラ見てる。

工藤さんは「違うのよ。二次元だから許されるのよ。三次元は駄目なのよ！」とか、訳わかんないことを言いながら嘆いている。

結論、櫛谷さんしかまともなのがいねえ！

えーと、何、この、何？

「若葉さん！　助けて！」

私がこの謎の光景に呆気《あつけ》に取られていると、草間くんがこっちに気づき、次の瞬間には助けを求めてきた。

よっぽど切羽詰まっているのか、その声はなんか泣きそう。

ちょ、ここで私に振るなよ⁉

その草間くんの声で、その場にいたほぼ全員の視線がこっちに集中する。

やめて！

このなんかよくわからないタイミングでこっち見ないで⁉

こっち見んな！

「うそ」

「若葉さん？」

「え、でも」

「本物？」

ひそひそとこっちを見ながら会話をする転生者たち。

その中から、代表して一人が一歩踏み出してくる。

元委員長の工藤さんだ。

「お久しぶり、でいいのかしら？　あなたは、若葉さんでいいのよね？」

ホントは違うわけだけど、ここで違うって言うと話がややこしくなるので黙って頷《うなず》く。

私が肯定すると、先生が目に見えて動揺した。

「ちなみに、後ろの人は、笹島《ささじま》くんで合ってる？」

「うん。そうだよ。久しぶり、委員長」

「ええ」

穏やかに挨拶《あいさつ》をする鬼くんに、工藤さんは毒気が抜かれたかのように強張っていた肩を落とした。

けど、すぐに気を引き締めなおしたのか、もう一人に目を向ける。

「あなたは、消去法で根岸《ねぎし》さん？」

「ええ、そうよ」

吸血っ子が肯定すると、工藤さんの後ろにいた転生者たちがざわざわしだした。

会話を拾ってみると、まあ、大体が吸血っ子の変わり様にビックリって感じのことを言っていた。

ざわつく転生者たちを、工藤さんがパンッ！　と手を叩《たた》いて静かにさせる。

「それで？　あなたたちは何が目的でここに来たの？」

警戒心をむき出しにして、工藤さんが聞いてくる。

まあ、その警戒はわかる。

エルフの里に捕らわれていた転生者たちは、帝国軍が攻めてきたことまでは知っている。

けど、その後は状況も何もわからず、私に空間隔離をくらって、気づけばこうして捕らわれていたって感じなんだから。

これから自分たちがどうなるのか？

いったい何が起きたのか？

何もわからず、そんな状況で急に同じ転生者が三人も現れたってんだから、タイミングからしても警戒しちゃうよね。

その他は、困惑してる感じか。

工藤さんと、あと田川《たがわ》くんと櫛谷さん、それから漆原《しのはら》さんあたりは警戒。

その他は困惑の感情が強いみたいだ。

「安心してほしい。危害を加える気はないよ」

私よりも先に、鬼くんが口を開く。

「先生には信じてもらえないかもしれないけど、僕たちは敵じゃない。それだけは信じてほしい」

鬼くんの真摯《しんし》な訴えに、場が静まり返る。

転生者のうち何人かがチラチラと先生に視線を向ける。

けど、先生はそれに気づくことなく、混乱した様子で口を開いたり閉じたりしていた。

たぶん、何かを言おうとして、でも言葉が出てこないんだと思う。

「今日、ここに来たのは話し合うためだよ。僕らは、話し合わなければならない」

鬼くんがみんなを見回しながら宣言する。

それに否を唱える者はいなかった。

やっぱ鬼くん連れてきて正解だわー。

「あのー。その前に、これ、解いてもらっていい？」

「馬鹿！　空気読め！」

草間くんが情けない声で懇願し、それを荻原くんが諫めていた。

「……草間が捕まってるのはわかるけど、なんでオギまで捕まってるんだ？」

鬼くんが素朴な疑問を口にする。

そういえば、草間くんは山田くん一行と一戦やり合ってるから敵方として捕まるのはわかるけど、荻原くんはなんで密偵だってバレたんだろう？

黙ってればバレるはずもないし……。

「この馬鹿が開口一番俺が間者だってバラしやがったんだよ……」

「ああ……」

この馬鹿こと草間くんは「てへ！」と舌を出して笑っている。

きっと「作戦大成功だなオギ！」とかそんな感じで荻原くんに絡んだんだろう。

そこから荻原くんも草間くんの仲間だってバレたと……。

なんかその光景が目に浮かぶわ。

「……立ったままじゃなんだから、座って話しましょう」

草間くん関連で緊張感がなくなったのか、工藤さんがちょっと疲れた感じでそう提案してきた。

草間くんと荻原くんは、残念ながらそのまま放置された。

今いるツリーハウスは四階建てとなっている。

木の中をくりぬいて作った家に四階建てという言い方が当てはまるのかどうかはこの際気にしない。

で、一階は食堂となっている。

机がいくつか配置され、椅子もそれに対応してある。

ただ、今は机は端に寄せられ、椅子だけ出されてみんな思い思いの位置に座っていた。

机があると私たちの話が聞きにくいと、工藤さんが指示して片してしまったのだ。

転生者たちは、私を中心にして半円を作るように座り、話が始まるのを待っている。

そう、私を中心にして！

なんでや！

そこ、鬼くんが中心でいいじゃん！

さっきまで鬼くんが主体になって話してたんだから、そのままの流れで続ければいいじゃん！

だというのに、鬼くんはしれっと中心を私に譲り、一歩下がった横に座ってしまった。

その目が訴えている。

私が喋《しゃべ》るべきだと。

いいから。

そういうなんか変な気を使わなくてもいいから！
くうー。これだから真面目《まじめ》な奴《やつ》はダメなんだ！
規律に厳しい奴はこういう時に融通が利かなくて困る。
透視を使って、首を動かさずに斜め後ろに座っている鬼くんを見る。
微動だにしてねえ。
私が喋るまで動く気が全くありませぬ。
困った。
助けを求めて鬼くんと反対側の隣を見る。
そこには、なんかムスッとした顔をした吸血っ子。
こっちもこっちで動く気配なし。
ダメだこりゃ。
むしろこいつに喋らせると余計なんか事態をややこしくしそう。
正面を見る。
そこには腕を組み、ついでに足も組んでこっちを見つめる工藤さん。
前世でも目つきが鋭かったけど、今世でも切れ長の目の美少女さんな工藤さん。
そんな工藤さんが睨《にら》みつけるような感じで見つめてくると、威圧感が半端ない。
威圧のスキル持ってますか？
そして、その工藤さんの隣では、先生がそわそわと落ち着きなく座っている。
視線があっちこっちに飛びまくり、体もそれに合わせてもぞもぞと動いている。

ほぼ何も知らない転生者は、訳もわかってないから緊張とかそういうのとは無縁。

けど、変に事情を知ってるから、これから何が起きるのかわからなくて落ち着かないのかな？

転生者視点だと、ホントに何もわかんないはずだしなー。

話し合おうって言われれば、説明欲しさに食いつくのはわかる。

ただ、先生視点だとちょっと事情が変わってくる。

先生は吸血っ子や鬼くんが魔族陣営に所属していることを知っているっぽいし。

帝国軍が攻めてきたと思ったら、魔族陣営にいるはずの転生者二人が訪ねてきた。

そりゃ、混乱する。

しかも、先生はポティマスのクソにいろいろ変なことを吹き込まれているせいで、何が正しくて何が間違っているのか判断ができていない。

情報があるがゆえに、他の転生者と違って混乱も大きい。

この場にいる転生者の中で、先生の次に情報を多く持ってるのは田川くんと櫛谷さん、さらに漆原さんの三人。

田川くんと櫛谷さんはエルフの里に来たのもつい最近で、その前は冒険者として各地を放浪していた。

ちょっと前には魔族と人族との戦争にも参戦していて、そこでメラとやり合っている。

そういう意味では先生以上に魔族軍と因縁があるかもしれない。

けど、二人とも先生よりかは落ち着いていて、こちらの話を聞く姿勢になっている。

漆原さんは、椅子に座らず壁に背を付けてこっちをじーっと見つめてきてる。

……なんか怖いんですけど。

目の前にいる工藤さんよりも視線の圧が強い。

けど、なにか言ってきたりとかそういうつもりはないようだ。

それ以外のエルフの里で実際に戦った転生者はこの場にいない。

それぞれ療養とかで寝込んでるようだ。

彼らがいるとまた話がややこしくなるし、今はいない方が都合がいいか。

縛られている草間くんと荻原くん以外の転生者も、それぞれ態度に違いはあるけど、こっちの話を聞く姿勢になっている。

先生以外は素直に聞いてくれそうな感じ。

山田くんとかがいない今、他の転生者たちを丸め込む絶好の機会！

なんだけど、気分は四面楚歌《しめんそか》。

斜め後ろには彫像のように不動の鬼くん。

反対にはこれまたムスッと固まった吸血っ子。

正面には早く説明しろと威圧を込めてくる工藤さん。

先生はチラチラとこっちを落ち着きなく見てくるし。

他の転生者たちもじーっとこっちを見てきている。

逃げていい？　ダメ？

このメッチャ注目集めてる状況で説明しなきゃダメ？

ダメっすか、そうっすか。

えー、えー。

えっと、こういう時は、まずは時候の挨拶から？

本日はお日柄もよく？

それはなんか違うか。

ていうか、そもそも何から説明すればいいん？

転生者たちはなーんにも知らないわけで、一から十まで全部説明しなきゃいけない。

けど、その一ってどこ？

この世界、ていうかシステムの成り立ちから話す感じ？

えーっと、けどそれって転生者たちにいきなり話しても寝耳に水で、今知りたいこととは違くね？

転生者たちが今一番知りたいことは何だ？

それを考えると、うん、こうか？

「まず、あなたたちは現在魔族の捕虜となっています」

「は？」

工藤さんが一瞬呆気《あっけ》にとられたような表情をした後、険しい顔つきになる。

他の転生者たちもざわっとして、取り乱し始めた。

あ、これ、間違ったパターンだ。

草間くんとかもいるし、ある程度の情報は聞いてるもんだと思ってたけど、どうやら何も聞かされてなかったらしい。

実際に戦った田川くんとかからも何も聞かなかったんだろうか？

……ああ、そういうの含めてこれから聞き出すつもりで、草間くんと荻原くんをふん縛ってたのか。

もうちょっと時間を置いてから来るべきだったか。

「静粛に！」

鬼くんが立ち上がり、手をパンパン叩いて転生者たちを落ち着ける。

「大丈夫。捕虜って言っても別に酷《ひど》いことにはならない。捕虜というよりかはむしろ保護って感じだから。そこは安心してほしい。さっきも言ったけど、僕らはみんなに危害を加える気はない。だから、おかしなことを言ってもとりあえずは最後まで話を聞いてほしい。いいかな？」

真摯な鬼くんの言葉に、ざわついていた転生者たちが落ち着いていく。

漆原さんと田川くんと櫛谷さんだけは、落ち着いた中にも警戒を失っていないけど、それ以外は一応話を聞く感じになった。

ふう。鬼くんグッジョブ！

エルフの里で生活してても、やっぱり魔族というのは人族の敵って感じで恐れられてるか。

いきなりその魔族の捕虜になってますって言われたら混乱もするよね。

イヤー、失敗失敗。

鬼くんがとりなしてくれてよかった。

「えっと、つまりどういうこと？　あなたたちは魔族に加担してるってわけ？」

工藤さんが額を手で押さえながら聞いてくる。

いつもだったら肯定の意味で頷《うなず》くだけだけど、今回はそれだけだと言葉足らずでやばいってことくらい私にもわかる。

何か、何か喋らないと！

あー！　うー！　おー！

……むー、これだけはあんまやりたくなかったんだけど、背に腹は代えられない。

ここはプライドをいったんしまって、やるしかないか。

スイッチを切り替える。

「そうです。ちなみにここにいる私たち三人は人間ではありません」

言葉とともに目を開ける。

邪眼は完全にオフにし、私の目を見ても異常をきたさないようにしたけど、それでもこの不気味な目を見た転生者たちが息を呑《の》む。

ついでに、私の雰囲気が変わったことに気づいた吸血っ子と鬼くんも息を呑んでたけど、そっちは無視。

「私たち三人はとある目的のために魔王に協力しています。それについては後程説明しましょう。今は現状の確認が先です」

スラスラとよどみなく言葉をつむぐ。

自分の口から出てるというのに、自分で驚いている私がいる。

私には私のものではない記憶がある。

それが、若葉姫色、Dの仮初の姿の記憶。

その記憶を基に、若葉姫色の人格を再現する。

これが若葉姫色モード。

このモードになれば、考えたことをそのまま口にすることができる。

だって、若葉姫色は口下手《くちべた》でも何でもなかったのだから、喋れないほうがおかしい。

だけどこのモード、要は私がDのフリをしていることに他ならない。

この私が、あのDの！

なんという、なんという屈辱！

だからやりたくねーんだよ！

けど、これをやらないと私はまともに喋ることができない！

故に、我慢だ。

「まず、帝国の軍がこのエルフの里に攻め込んだことまでは聞き及んでいると思います。私たち魔族軍は帝国軍の背後からエルフの里を襲撃しました。夏目くん率いる帝国軍は囮《おとり》だったのです」

私の言葉にざわつきだす転生者たち。

その中でも先生の顔色は相当悪い。

「その話、俺にも詳しく聞かせてもらえないか？」

その時、二階へと続く階段から下りてくる人影があった。

あちゃー。来ちゃったかー。

タイミング悪くこの場に現れたのは、気を失って寝込んでいたはずの山田くんだった。

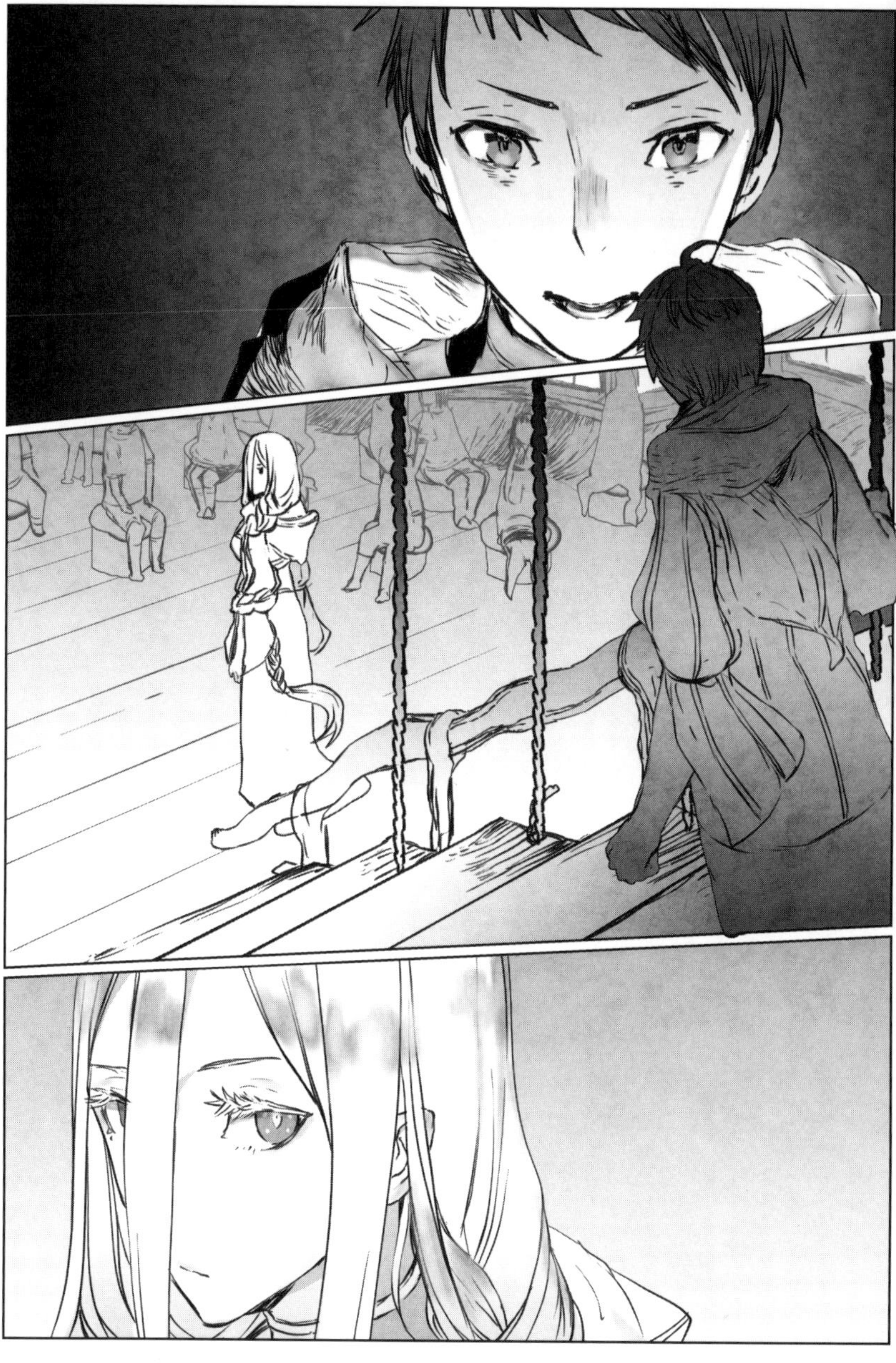

S1　世界の変わる目覚め

夢を見ている。

『贖《あがな》え』

酷《ひど》く後味の悪い夢だ。

『贖え』

何もかもが悪いほうへ悪いほうへと転がっていく。

『贖え』

どうにかしたい、どうにかしようとしても、その行動がかえってさらなる悪い方向へと事態をいざなう。

そんなまるで底なし沼に引きずりこまれていくかのような状態。

足掻《あが》けば足掻くほど体はズブズブと沈んでいく。

そして、全身が沼に引きずりこまれ、ついには……。


ハッと目が覚める。

夢を見ていたようだ。

とてつもなく後味の悪い、救われない夢を。

目を開けてまず飛び込んできたのは、知らない天井だった。

ぼんやりとその天井を眺めていると、すぐ横で誰かが動く気配がした。

「シュン！　目が覚めたか⁉」

慌てたようなその声の方向を見てみれば、そこにはカティアが座っていた。

その顔には声と同様に焦燥と疲労、そして安堵《あんど》がごちゃ混ぜになって出ている。

「大丈夫か？」

「あ、ああ。大丈夫だ」

勢い込んで聞いてくるカティアの雰囲気に押されて、咄嗟《とっさ》にそう答える。

「よかった。いくら治療魔法をかけても目を覚まさないから、もう、目が覚めないかと」

どうやらカティアは俺にずっと治療魔法をかけ続けていたみたいだ。

道理で疲れた顔をしていると思った。

と、そこまで考えたところで、カティアがボロボロと泣き始めてしまった。

「え？　ちょっ⁉」

「よかった。本当によかった……」

涙を流すカティアに対して、俺はどうしていいのかわからずにあたふたとする。

「大丈夫だ。ほら、この通りなんともないから。な？」

自分でも下手《へた》な慰めだとは思うが、しないよりかはましかと元気であることをアピールする。

実際、体に違和感はない。

怪我《けが》もしていないし、痛むところもない。

寝起きのせいか、若干怠いと感じるくらいで健康そのものだ。

……体は。

「本当に大丈夫か？　なんだか顔色が悪いぞ？」

いつになくカティアが心配してくる。

泣くくらいだし、どうやら俺は自分で思っているよりも酷い状態だったのかもしれない。

気を失っている間、うなされていた自覚はある。

治療魔法をかけてもらっていたのに目を覚まさず、それでいて酷くうなされていれば、心配にもなるか。

「ああ、大丈夫だ。ただ、ちょっと喉《のど》が渇いたかな？」

寝汗が酷く、着ている服が水を吸収して肌に張り付いている。

かなりの量の水分を失ったようで、喉がカラカラだった。

「あ。じゃあ、ちょっと水とコップを持ってくる」

カティアがすぐに立ち上がり、小走りで出ていった。

その背を見送りながら、俺は力なく寝かされていたベッドに深く体を沈み込ませた。

視界の隅、というか、頭の片隅と言うのか、そこに、浮かぶ文字がある。

鑑定をした時と同じような感覚だ。

さっきからその文字が嫌な存在感を放っている。

その文字を意識するだけで気分が悪くなってくる。

だというのに、鑑定と違ってその文字を消すことはできない。

そこには、禁忌と書かれていた。

不吉な存在感を放つその文字を、吐き気を抑えながら意識する。
すると、禁忌の項目がメニューとして表示された。

『禁忌メニュー
システム概要
システム各項目詳細説明
アップデート履歴
ポイント一覧
転生履歴
特殊項目n％I＝W』

「うっ！」
メニューを開いただけで襲い掛かってくる強烈な吐き気。
凝縮した悪意を見せつけられるかのような、醜悪さがそこにある。
俺の思考や感情を無視して湧《わ》き上がってくる、悪寒。
本能的にメニューを閉じてしまいたくなる衝動に駆られるも、なんとかこらえる。
吐き気をこらえて、システム概要を開く。

『システム概要

システム稼働前状況
ＭＡエネルギー
システム稼働後状況』

開いた途端、さらなる吐き気に襲われる。

まるで、文字から声が聞こえてくるようだった。

『贖え』

呪詛《じゅそ》のように叩《たた》きつけられてくる思念。

吐き気を催し、不快感を呼び起こすそれを、意識して無視するようにする。

無視しているのに意識するという矛盾。

それでも、そうでもしなければ気が狂いそうだった。

正直に言えば、もうこれ以上見ていたくない。

けど、見なければならない。

さっきまで見ていた夢の内容が、正しいものなのかどうか、それを確かめなければならないのだから。

俺が見ていた夢は、救われない一つの物語だった。

誰かの視点というわけではなく、俯瞰《ふかん》するかのような視点で見せられた、この世界の過去の物語。

ポティマス、あのエルフの族長が人間の頃《ころ》、死にたくないというただそれだけの理由のために、星を、そして元からこの世界にいた神々の関係を、滅茶苦茶にした。

女神サリエルが、それに近しい人々が、星の崩壊を何とかしようと尽力した、その記録。

これはただの勘だが、あれはこの禁忌とは別のもの。

誰かが見せてくれたのかもしれない。

その誰かの思惑は、今はいったん措《お》いておこう。

とにかく、俺は確かめなければならない。

震えそうになる体を叱咤《しった》して、それぞれの項目を順に見ていく。

システム稼働前、MAエネルギー、システム稼働後。

そこには、俺が夢で見た内容ほぼそのままのことが書かれていた。

システム稼働前は、地球とそこまで変わらない星だったということ。

ただ、龍《りゅう》という地球にはいない生物がいたことが記されている。

感情を交えず、ただ事実のみを列挙したかのような硬質な雰囲気の文章。

しかし、その文字を目で追っていると、叩きつけられる思念。

『贖え』

それを振り払いながら、読み進めていく。

MAエネルギーという、未知のエネルギーを人類が発見し、それを使い始めたこと。

それが星の生命力そのもので、使えば星の寿命を著しく縮めると知りもせず。

そしてそれが龍の逆鱗《げきりん》に触れ、人類は滅ぼされかけた。

その人類を龍の手から守ったのが、女神サリエル。

しかし、龍は人類ごと星を見限り、去っていった。

そして、ＭＡエネルギーが尽きかけ、星の崩壊のカウントダウンが始まる。

人類は守ってもらった恩を忘れ、女神サリエルを生贄《いけにえ》にして星を再生させようと試みた。

これに激怒したのが、管理者ギュリエディストディエス。

彼は女神サリエルを救うため、システムを稼働させた。

女神サリエルの願いと、女神の延命、その二つを両立させるために。

そこまで読み進めた時、カティアがコップと水差しを持って戻ってきた。

「シュン⁉　あなた顔色が真っ青よ⁉」

俺の顔色はそんなに酷《ひど》いんだろうか？

カティアが慌てて駆け寄ってきて、コップと水差しを脇《わき》に置いて、俺の額に手を当てながら治療魔法をかけてくれる。

これは精神的なもので、肉体を治す治療魔法をかけてもらっても効果はない。

けど、カティアのその気づかいが、荒《すさ》んだ心を潤してくれる。

「ありがとう。少し楽になった」

本心からそう告げたのに、カティアは納得していないのか心配そうに見つめてくる。

寝汗にさらに冷や汗をかいたせいで、さっきよりも喉の渇きが酷くなっている。

カティアが置いたコップに手を伸ばす。

が、俺が手に取る前にカティアがコップを掴《つか》み、そこに水を注いで口元に運んできた。

これは、飲ませてもらう流れか？

病人でもないのにそれはちょっと恥ずかしいというか、なんというか。

「じ、自分で飲めるって」

「いーえ、駄目です！」

やけに押しの強いカティアの勢いに負けて、そのまま飲ませてもらう。

渇いた喉に冷えた水が流れ込む。

あっという間に一杯目を飲み干し、まだ足りないのが伝わったのか、カティアが二杯目をすぐに用意してくれた。

二杯目を飲み干して、ようやく一息つく。

飲みながらも、禁忌メニューに目を通していた。

概《おおむ》ね、夢の通りの内容だった。

ポティマスの名前がないことや、龍がＭＡエネルギーを奪っていった話がなかったりと、禁忌の内容は歯抜けになっている部分もある。

けど、ほぼ夢の内容と同じだ。

システム概要を閉じる。

他のメニューにも目を通したいところだけど、気力が持ちそうにない。

一応軽く他のメニューを開いてみると、システム各項目詳細説明は、見るのが嫌になるくらいびっしりと文字で埋め尽くされていた。

これを隅から隅まで読み切るのは普通に大変だし、一文字読むごとに精神が追いつめられるとあっては、とてもではないがすぐに読み切れるとは思えない。

諦《あきら》めて次のアップデート履歴に目を通すと、そこもまた負けず劣らずの文字びっしり状態だった。

そこでもう、俺の気力は萎《な》えてしまった。

禁忌メニューを閉じる。

閉じても、頭の片隅にある禁忌の文字が消えることはない。

そして、そこから漏れ出てくる思念も。

メニューを開いている時に比べればましだが、これがずっと続くのかと思うと嫌になる。

大きな溜息《ためいき》を吐いて、ベッドから立ち上がる。

「シュン、まだ安静にしていたほうが」

「いや、行かなきゃいけない」

さっきから、下の階がざわついている。

どうやらここは建物の二階らしい。

俺は何かに導かれるようにして部屋を出て、階段を下っていく。

カティアがそんな俺の背後からついてくる。

そして、階段を下りきったそこには、俺が気を失う直前に見た人物がいた。

「その話、俺にも詳しく聞かせてもらえないか？」

俺の声に反応し、白い少女が振り向く。

複数の瞳《ひとみ》が俺のことをまっすぐに捉《とら》える。

ユリウス兄さまを殺した、その瞳が。

2　世界はこんなにも醜い

見るからに悪い顔色で、けど、しっかりとした足取りで前に進み出る山田くん。

さすが天の加護持ちというか、私にとってはイヤなタイミングで、山田くんにとってはいい感じのタイミングで登場するなー。

あー、また話がややこしくなる。

「久しぶりだね。若葉さ、ん？」

山田くんが私のほうを見ながらそう言った。

なんで語尾が疑問形？

最初は睨《にら》む勢いだったのに、今はなんか怪訝《けげん》な顔してるし。

私の顔に何かついてるか？

目には瞳がいっぱいついてるけど。

「まあ、いい。それよりも、俺にも話を聞かせてほしい。その権利はあるだろ？」

山田くんは軽く頭を振ってから、そう続けた。

よくはわからないけど、何か気になることでもあったらしい。

まあ、私としては来ちゃったからには仕方がない。

追い出すこともできなくはないけど、それはそれでややこしくなりそうだし。

もう、山田くんが来ちゃった段階でどっちに転んでもややこしくなるっていうね。

「どうぞ、ご自由に」

仕方がないので消極的な肯定をしておく。

歓迎はしてませんオーラを出すのも忘れない。

「ありがとう」

だというのに、それを気にすることなく、むしろ挑みかかるような感じの山田くん。

大島くんがスッと動いて、山田くんに椅子を持ってくる。

山田くんが大島くんにお礼を言いながらその椅子に座り、大島くんも自分の椅子を持ってきて山田くんの隣に座った。

なぜだろう？

その様子を見ていた一部の女子たちから「ほう」という吐息が聞こえてきたのは？

山田くんが椅子に座り、そしておもむろに周囲を見渡した。

その目がいくつかの場所で止まり、最後に私のほうをまた向く。

んー、むー。

しょうがない。

「十軍、ここに」

私の宣言を受け取り、目の前に数人の白装束が姿を現す。

転生者のほとんどがその姿を見た瞬間、驚いていた。

この白装束たちは、私の率いる魔族軍第十軍の兵士たち。

その中でも特に隠密に秀でた奴らを、隠れて転生者たちを見張る任務に就けていた。

山田くんはこいつらがいることを見破り、視線を止めたみたい。

って、よく見たら真ん中にいるのフェルミナちゃんじゃん。

君、肩書では第十軍の副軍団長なはずなんだけど、何でこんな雑用やってんの？

私が不思議がっていると、それを察したのかフェルミナちゃんの額に青筋が浮かんだ。

実際にはそんなもの見えないけど、なんか雰囲気で伝わった。

あんたが寝こけてるからだよ！　って感じのなんか思念が。

うん、正直すまんかった。

「この場は解散。指示あるまで休息するように」

私の命令に従い、白装束たちが音もなくその場から消える。

どこからか、「忍者」という声が聞こえた。

うん、正直うちの第十軍の兵士のほうが草間くんよりも忍者してると思う。

あ、他の白装束が出ていった中、フェルミナちゃんだけは三階に上がってったっぽい。

そういえば錯乱して寝かせてた長谷部さんがいるのか。

その見張りは誰かしらがしなきゃだもんね。

それを幹部のフェルミナちゃんがやるのはいろいろ間違ってる気がするけど、私は何も言うまい。

「今のは？」

山田くんが険しい顔をしながら聞いてくる。

「魔族軍第十軍の兵士です。転生者たちの見張り兼護衛をしてもらっていました」

私のその言葉で、転生者たちがザワザワしだす。

あんなのが気づかれることなくすぐ近くにいたとわかれば、そりゃそうなるわな。

気づいていたのは、漆原さんと田川くんと櫛谷さんの三人くらいかな?

あと先生も、と思ったけど、先生も目を丸くしてるから気づいてなかったっぽい。

「魔族軍の精鋭ってわけか」

いえ、一兵卒です。

あ、イヤ、けど、私のスパルタ訓練で他の軍団の兵士よりかは格段に強いから、精鋭と言えなくもない、のかな?

まあ、誤差みたいなもんだよ。

一兵卒一兵卒。

山田くんの顔色は優れない。

白装束たちの動きを見て、自身との戦力差を考えているのかも。

勇者である山田くんの力は、まあそこらの有象無象とは違う。

けど、強いは強いけど、常識の範疇《はんちゅう》の強さに収まっている。

かつての魔王や私には遠く及ばないし、それどころかここにいる吸血っ子や鬼くんにも敵わない。

下手《へた》をすれば、さっきの白装束たちでも運が良ければ勝てるかもしれない。

一対一じゃ、まず勝てないだろうけど、二人がかりなら活路が見えてくる。

そんな程度。

なんだけど、天の加護というご都合スキルのせいで、戦力以上に何かしらをやらかしたりしそうだしなー。

「それで？　ユーゴー、夏目を囮《おとり》にしてここに攻め込んできた。なぜだ？」

山田くんがストレートに疑問をぶつけてくる。

う、うーん。

それ聞いちゃうかー。

私は先生のほうをチラッと見る。

わかっちゃいる。

これは避けて通れない話題だっていうことを。

けど、これを言っちゃうと先生の立場は確実に悪くなる。

なるけど、言わないわけにはいかないよな。

「エルフの長、ポティマス・ハァイフェナスは世界の敵。この世界に害をもたらす存在であり、それを討伐するために魔族軍と神言教が手を組み、今回の攻勢に至りました」

私の言葉に、先生はポカーンと口を開けている。

訳がわからないと、その顔が物語っていた。

対して、山田くんは意外にも冷静に私の言葉を受け止めている。

隣の大島くんは驚き半分、納得半分の微妙な顔をしていることから、事前にポティマスのことを知っていたわけではなさそう。

「まず、この世界においてエルフは遥《はる》か昔から世界を脅かす存在でした。エルフは表向き人族と魔族の争いを止める、真の世界平和をうたって活動していましたが、それは裏の顔を隠すためのカモフラージュ。裏ではこの星の生命力を搾取し、星の寿命を縮めている害悪です。ポティマス・ハァイフェナスはその筆頭であり、この事実を知る一部からは再三にわたりそれをやめるよう警告されていましたが、聞き入れられず。ついに星の寿命が危険域に達したことから、強硬手段に打ってでたというのが事の次第です」

いきなりスケールの大きくなった話に、転生者たちがざわつく。

「ちょっと待って！　今の話が本当なら、この星はどうなるの？」

工藤さんが半立ちになりながら問い詰めてくる。

百聞は一見に如かず。

私は魔術を発動させ、この星の様子を映し出した。

地球儀みたいな感じで、現在の星を立体映像として頭上に見せる。

そこには、星の半分が崩壊した映像があった。

「現在のこの星の様子です」

唖然《あぜん》。

それがこの場にいるほとんどの反応だった。

事前に知っていた吸血っ子と鬼くん以外、この映像は衝撃的だったみたいだ。

まさかとか、そんなとか、そういう声が聞こえてくる。

山田くんもその例外ではなく、目を見開きながら映像に釘付《くぎづ》けになっていた。

「こんな、嘘《うそ》でしょ？」

あの冷静沈着な工藤さんが、唇を震わせながら映像に見入っている。

「嘘ではありません。何なら実際に見に行きますか？」

私の提案に頷《うなず》く人はいなかった。

誰《だれ》だってあんな崩壊している場所に行こうなんて思わないっしょ。

まあ、私がバリアーなりなんなり張れば問題ないんだけど、みんなはそんなこと知らないわけだし。

みんな呆然《ぼうぜん》としている。

自分たちがどういう状況に立たされているのか、その答えを説明するための場。

そこで、帝国がどうのという次元を超えた、星の存続がどうのという話を聞かされて、彼らの思考能力は停止してしまったようだった。

映像を呆然と見つめる転生者たち。

いち早く立ち直ったのは、工藤さんだった。

「ねえ、これが本物の映像だとして、この星ってあと何年くらいもつの？」

工藤さんの言葉に、ハッとする転生者一同。

まあ、普通に考えたらこんな状況だったら、あと数日で星が崩壊しますって言われても納得できるし、こうまざまざと終末感出されたら気になるよね。

「ご安心を。とりあえずあなたたちが生きている間に崩壊という事態にはなりません」

私の計算が正しければ、今のままでも星が崩壊することはない。

少なくとも転生者がその一生を終えるくらいの期間はもってくれるはず。

ただ、エルフの先生みたいに長命だと保証はできない。

一応、ポティマスというエネルギーの無駄遣いしてる最大の要因を排除したので、今後は緩やかに回復していくはずだ。

そう、時間をかければ、回復はするのだ。

ただ、それにはどうしたって犠牲が出るっていうだけで。

その犠牲が、現在システムの核となっている女神サリエル。

サリエルはもうシステムに使い潰《つぶ》される寸前。

そんな長い時間耐えられるわけがない。

加えて言うなら、この世界に生きる人々の魂の劣化もそろそろ危険域に達してきている。

魔族が出生率の低下で苦しんでいるのは、魂の劣化によって転生ができなくなってきているから。

何度も何度も転生させられた魂は摩耗し、傷ついてきている。

その状態で無理やり転生すれば、待っているのは魂の崩壊。

そうなればもう二度と転生することもできない。

黒がそんな魂の劣化が見られる人々を隔離していた場所もあるけど、そんな対症療法じゃ根本的な問題は解決できないし。

黒がそこでやってることは、なるべく人々にスキルを取らせないという、ポティマスが転生者たちにしたことと同じようなこと。

そうすることで、スキルという余分なものを魂につけることなく、生涯を送らせる。

スキルはあるだけで魂の負担になるからね。

それが健康的な魂なら問題ないけど、劣化した魂では抱えきれなくなる。

けど、そうやってスキルを取らせないようにしたって、結局のところ魂が回復することはない。

病の進行を遅らせるだけみたいな感じ。

魂の劣化を回復させるには、転生させずにいったん魂を休養させるしかない。

そして、休養している魂が増えてくれば、出生率が下がる。

結果、世界の人口はどんどん減っていく。

人族は魔族よりも総人口が多いから、まだ顕著になっていない。

けど、時間が経《た》てば徐々にそれは表出してくる。

人口が減ればそれだけ星の回復も遅れ、そして時間が経てばまた魂の劣化が進む。

星が回復するのが先か、それとも魂の劣化が極まるのが先か。

そんなチキンレースじみた状況になる。

まあ、そこらへんは転生者たちには無縁のこと。

転生者たちは今世が終わればこの世界の輪廻《りんね》ではなく、通常の輪廻の輪へと戻る。

そんな未来の心配なんかしなくても大丈夫なのだ。

「私たちはって、私たちの子供の世代は危ないってこと？」

工藤さんの言葉に、ちょっと意表を突《つ》かれた。

子供？

思わず工藤さんのお腹《なか》に目を向けてしまったけど、その視線を受けた工藤さんは慌てて釈明を始めた。

「妊娠なんかしてないわよ。将来の話よ」

あー。

そっかそっか。

子供かー。

それは全く考えてなかった。

これは盲点というか、認識の違いっていうかなんというか。

私からしてみると、この世界で子供産むなんて正気の沙汰《さた》じゃないっていうかなんというか。

そもそも子供を産むっていう発想自体なかったわけだけど。

ベイビーズ？

あれは、うん、子供とはなんか違う別枠だよ。

この世界で子供を産むってことは、つまり誰かの生まれ変わりを産むってことなんだよねー。

自分のお腹の中から、誰かの生まれ変わりが生まれてくる。

まあ、それを言ったらこの星だけの話じゃないけど、ここだともしかしたら知ってる相手の生まれ変わりかもしれないんだよねー。

しかも、下手《へた》したら自分が殺した相手の生まれ変わりとか、普通にあり得る。

もし真実を知っていたら、子供を産もうなんて考えられないんじゃね？

ていうか、神言教の教皇がそういう真実を人々から忘れさせたのは、そこらへんが理由だろうし。

贖罪《しょくざい》のために延々転生し続けて、エネルギーを貯めるための装置として生かされる。

そんなことを知ったら、人はどうするか？

自殺？　あるある。

けど、自殺しても生まれ変わるだけ。

じゃあ、この煉獄《れんごく》から抜け出すにはどうしたらいいか？

捧《ささ》げちゃえばいい。

存在そのものを。

私はそんなことしようなんて思わないけど、追い詰められた人間は消え去ることを望んでもおかしくない。

そして、一人の人間が捧げても、回復するエネルギーは微々たるもの。

一瞬の量としてはいいかもしれないけど、長い目で見れば転生し続けて稼いでもらったほうがずっと多くのエネルギーを得られる。

人々は真実を忘れちゃったんじゃなくて、忘れなくちゃならなかったんだ。

しかし、それをここで言うのは、どうなんだろう？

知らなければ幸せな家庭を築くことも、できなくはないか。

「少なくとも、今すぐこの星が崩壊するということはありません。そもそも、崩壊を防ぐためにポティマスを討ったのです。ポティマスがいなくなれば、星の崩壊は止まり、後は緩やかに回復していくでしょう」

嘘《うそ》は言ってない。

その前に私がいろいろやらかすつもりではあるってだけで。

子供云々についてもあえて触れない。

触れても不幸なことにしかならないだろうし。

知らないほうがいいってことは世の中にはいっぱいあるってことだね。

まあ、出生率が下がってきてるわけだから、子宝に恵まれるかどうかは知らんけど。

ていうか、そもそも相手がいるん？

「ポティマスって、私たちを監禁してた奴《やつ》よね？」

工藤さんが額に手を当てながら聞いてくる。

その視線は私ではなく、先生のほうを見ていた。

先生はというと、監禁という言葉を否定することもできず、真っ白に燃え尽きたような状態で呆然としていた。

あまりのことに何も考えられなくなっているのかも。

まあ、けど、先生は強い人だし、大丈夫でしょう。

映像を切り替える。

この星の現状を映していたものから、この前の戦いの記録に。

そこには森の上空に浮かぶ無数のウニや三角錐《さんかくすい》。

そして、森の中で動く機械兵の姿。

このファンタジーっぽい世界には似つかわしくない、ＳＦチックなものたち。

「ポティマスはこれらの兵器を稼働するためのエネルギーを欲していました。そのエネルギーが、星の生命力そのもの。それを搾取されていたために、現在の星があのような状態になっていたわけです」

今世では見たこともない、前世でもスクリーン越しにしか見たこともないだろうその映像。

転生者たちは食い入るように見入っている。

「ポティマスが転生者を集めていた理由は、転生者の特異な力を求めて。それを利用してよからぬことをしようとしていたようです」

ホントは不老不死を求めて転生者をミキサーにかける予定だったわけだけど、そんなスプラッタなこと聞かせられないいし言わない。

大体からして不老不死って言われてもねえ？

普通は鼻で嗤《わら》うとこでしょ。

マジのマジで本気で不老不死目指してこんな壮大なことやらかしてる、なんて言われても、逆に信憑性《しんぴょうせい》なくなるわ。

「つまりなに？　私たちは利用されるために拉致《らち》監禁されたと？」

「はい」

工藤さんの身も蓋《ふた》もない言葉を肯定する。

だって実際そうだし。

「ま、え、じゃぁ、わた、わた、な、の、ため、え？」

ん？

え？

言葉にならないかすれた声のほうを向くと、そこには痙攣《けいれん》して椅子から崩れ落ちる先生の姿があった。

「先生！　しっかりしてください先生！」

いち早く動いたのは、山田くんだった。

山田くんは椅子から崩れ落ちた先生にすぐさま駆け寄り、容体を確認する。

先生は涙を流しながら目を見開き、不規則な荒い呼吸をしながら、体をこれまた不規則に痙攣させている。

必死に呼吸を繰り返そうとして、それなのに苦し気にしているのは過呼吸に陥ってるからか？

山田くんが倒れた先生の半身を抱き起こし、治療魔法を施している。

けど、この世界での治療魔法はあくまでも傷ついた組織を回復させるだけで、病気を治すものじゃない。

過呼吸を病気と言ってもいいものかどうか、それはわからないけど、治療魔法じゃ治せないのはわかる。

「どいて」

治療魔法をかけて呼びかけるだけしかできていない山田くんを押しのけ、先生の目を覗《のぞ》き込む。

そして、邪眼を発動。

いつもとは逆の効果を発揮させる。

私の邪眼は見たものを恐怖させる効果がある。

それは相手の精神に作用しているということ。

やったことはないけど、恐怖を与えることができるなら、逆に平静さを取り戻させることだって理論上はできるはずだ。

私の邪眼を覗き込んだ先生が、一度だけ大きく体を痙攣させる。

けど、その後大きな体の痙攣は止まった。

とは言え、まだ呼吸は乱れたままだし、小さな痙攣は治まっていない。

「先生、大丈夫。大丈夫です」

なるべく先生の精神を刺激しないように、ゆっくりと、穏やかに語り掛ける。

大丈夫、大丈夫と言い続ける。

その間私は先生の手を握り締める。

すると、少しずつ先生の呼吸が落ち着いてくる。

けど、呼吸は安定してきたけど、ボロボロとこぼれる涙は止まらない。

そして、激しく泣いているからか、時折シャックリみたいな痙攣がまだ続いている。

顔面は涙と鼻水でぐちょぐちょ。

それを私の服の袖《そで》で拭《ぬぐ》う。

けど、拭った先からまた溢《あふ》れてくる。

しばらく、先生は泣き続けた。

エルフで体の成長が遅い先生は、他の転生者たちに比べて見た目が幼い。

その見た目だけならば、こうやって大泣きしている姿も違和感がない。

けど、転生者たちにとっては衝撃の姿だったはずだ。

先生は他の転生者と違い、唯一の大人だったから。

見た目とは違い、前世と今世合わせれば転生者の中で最も長く生きている。

その大人が、こうして恥も外聞もなく取り乱している姿は、きっと想像もできなかっただろう。

私も想像してなかった。

「大丈夫。大丈夫です」

先生の小さな背中に手を回しながら、ゆっくりと撫《な》でる。

「先生は間違っていません」

ゆっくりと言い聞かせる。

「命懸けで生徒のために戦ってきたことが、間違いであるはずがありません」

その言葉に、工藤さんが気まずげに視線を逸《そ》らすのがわかった。

私の視線は先生に向けられているけど、普段から透視能力で周囲を把握しているので、意識しなくてもそれがわかってしまった。

工藤さんの今までの態度から、先生のことを不審に思っているということはわかっている。

けど、工藤さんは実際に先生がどれだけ必死になって、生徒たちのことを救おうと足掻《あが》いていたか、それを知らない。

そして、転生者が集められた理由が、ポティマスが利用するためだったと知った時、こうして倒れてしまうくらい真剣だったということも。

後者に関しては私も見誤っていた。

まさか、先生が倒れるとは思ってもいなかった。

先生なら、事実を知っても大丈夫だと、そう思い込んでいた。

「ポティマスは確かに悪辣《あくらつ》でした。けど、先生はみんなのために、嘘偽りなく頑張ってきたじゃないですか。それは間違いなんかじゃ絶対ありません。それに、こうしてみんな生きて会えたじゃないですか」

嗚咽《おえつ》の止まらない先生に、優しく語り掛ける。

実際、先生がポティマスに利用されていたことは事実だけど、それでも先生によって救われた転生者は多い。

この世界は地球と違って過酷だ。

私は何度死にかけたかわからないし、吸血っ子や鬼くんもそれは同じ。

それにしたって、私たちは運がよかっただけ。

死んでいてもおかしくなかった。

それは他の転生者でも同じで、山田くんなど一部の特権階級の生まれでもない限り、常に死と隣り合わせの生活を送っていたはずだ。

もしかしたら、先生に保護されていなければ、今ここにいる半数も生き残っていなかったかもしれない。

そして、このエルフの里に転生者が一堂に会しているからこそ、何の憂いもなくポティマスを倒すことができたのだ。

結果オーライなのだから、先生が気に病む必要はない。

「み、んなじゃ、ない！」

先生が泣きながら叫ぶ。

「助け、られ、なかった！　わた、私は、助けられ、なかった！」

慟哭《どうこく》というのはこういうことなのだろうかと、そう思わせるような叫び。

泣きながら、とぎれとぎれのその声は決して大きくはない。

だというのに、どうしてこうまで響くのか。

寝込んでいる長谷部さんたち以外にも、ここには欠けている転生者がいる。

桜崎一成《さくらざきいっせい》。

小暮直史《こぐれなおふみ》。

林康太《はやしこうた》。

もう、会うことのない転生者が。

彼らの死の責任を、先生は感じているらしい。

それについて、私から言えることはない。

けど、その責任は、そもそもがお門違いだと私は思う。

彼らの人生は彼らのもの。

その死もまた、彼らのものだ。

先生がその死に責任を負う必要なんかないと思う。

助けられたかもしれないと先生は思っているかもしれないけれど、人間にはできることとできないことがある。

全《すべ》てを救おうとするのは、傲慢《ごうまん》な考えだ。

全知全能でもない限り、全てを救うなんてことはできっこない。

私にだって、できない。

先生はその後も、幼子のように泣き続けた。

どうして、助けられなかった、なんのために。

そんなことを、うわ言のように呟《つぶや》きながら。

そうしてどれだけ時間が経《た》ったのか、先生はようやく泣き止《や》んだ。

けど、その目はどこか虚ろで、生気が感じられない。

「若葉さん」

それまで黙って成り行きを見守っていた櫛谷さんが、私に話しかけてきた。

「先生はお疲れみたいだから、私が寝かせてくるわ。これ以上負担もかけられないだろうし。私が見てるから、話の続きをしておいて」

その提案は、願ったりかなったりではある。

今、先生を一人にするのは、よくない。

できれば私が見ていてあげたいところだけど、この場を放り出して先生の看病をするのは、最善とは言い難い。

工藤さんたちは先生に対して思うところがあるだろうし、そんな複雑な感情のままに任せておくことはできない。

その点、櫛谷さんはこのエルフの里に来たのも最近だし、感情的にならずに先生のことを見れるはず。

戦闘もこなせる数少ない転生者でもあるし、任せるのにこれほど最適な人物は他にいない。

吸血っ子は論外だし、鬼くんも一応男だから、先生の看病には向かないだろうしね。

「お願いできる？」

「任せておいて」

櫛谷さんが先生の体をお姫様抱っこする。

田川くんと目を合わせた櫛谷さんは、そのまま階段を上っていった。

櫛谷さんはしっかりしているし、任せておいて大丈夫だろう。

万が一、先生が自殺をしようとしても止められるはずだ。

先生と櫛谷さんが退場した後、場には気まずい雰囲気が充満する。

あの先生の様子を見た後じゃ、先生がどれほど真剣に転生者の保護を行ってきたのか、それがわからないはずがない。

工藤さんを筆頭に、保護されていた転生者たちは、そんな先生を責めていた。

先生のあの様子を見て、それを後ろめたく思っているのかもしれない。

先生が櫛谷さんに運ばれていってから、誰《だれ》も口を開こうとしなかった。

誰もがどうしたらいいのか、それがわからずだんまりを決め込む。

ただ、その中でも反応はいくつかに分かれている。

一つが視線をさ迷わせているもの。

これはホントにどうしていいかわかんなくて、成り行きに任せる感じ。

一つが工藤さんに視線を向けるもの。

その視線にも種類があって、工藤さんのことを責めるような雰囲気の視線と、委員長としてここから先の展開を進めることを期待する視線とに分かれる。

前者と後者では温度差があるのは言うまでもない。

で、最後が多数派なんだけど、私に視線を向けるもの。

まあ、な。

この状況で話を進めるとしたら、それは私の役割だよな。

丸投げしたいことこの上ねーけどな！

あー、うー。

とりあえず元いた席に座りなおす。

なんか、慣れないことしたせいか、喋《しゃべ》りまくったせいか、メッチャ疲れた。

もう、ゴールしてもいいよね？

ダメっすか？

……そっすか。

「……優しいんだな」

気まずい沈黙を破ったのは、意外な人物だった。

イヤ、意外でもないのか？

「それなら、どうして。いや、なんでもない……」

沈黙を破った主、山田くんは、複雑な感情を織り交ぜた、何とも言えない表情で黙り込んだ。

いろいろな感情がごちゃ混ぜになったその表情からは、山田くんが何を言いたかったのか読み取ることはできない。

というか、山田くん自身、感情の整理がついていないように見える。

ただ、私が押しのけた時の体勢のまま固まっていたその体を、力なく自分の席に落とした。

音にすればドサリという、ホントに脱力して体重のままに座り込む感じだった。

その山田くんの肩を、心配げに大島くんが優しく叩《たた》く。

それに対して山田くんは、心配ないとでもいうかのように、大島くんの手をこれまた優しく叩き返した。

イチャイチャすんなや。

「委員長も座れば?」

鬼くんが、いまだに立ったままの工藤さんに声をかける。

工藤さんは迷子《まいご》の子供みたいな表情を一瞬してから、その言葉に従って席に腰を落ち着けた。

「まあ、みんなも、言いたいことはあると思う。僕らはこのエルフの里の外で生活してたから、ここでの暮らしがどういうものかは伝聞でしか知らないし、みんなの気持ちもわかるとは言えない。けど、先生も好きでみんなをここに押し込めていたんじゃないってことは、さっきの態度でわかったと思う。悪気があってそうしてたんじゃなくて、善意からそうしてたんだって。必死になってそうしていたんだってことだけは、覚えておいてほしいかな」

鬼くんが穏やかに語り掛ける。

それを真剣に聞くもの、どことなく居心地《いごこち》悪そうに受け取るもの、反応は様々だ。

「……それならそうと、言ってほしかったわ」

工藤さんがうなだれながら、小さくこぼす。

工藤さんと先生は前世ではかなり仲が良かった。

その分、先生に対する恨みは強かったんだろう。

裏切られたって、そう思ったのかもしれない。

先生も先生でろくに説明をしなかったのが、その悪感情を肥大化させた原因だ。

「言えなかったんですよ」

だから、ここで先生の代わりに弁明しておこう。

「言えなかったって？」

「先生の持つスキルは特殊で、ペナルティーのあるものだった。私からも言えるのはここまでです」

私のその言葉で、工藤さんを始め何人かがハッとした表情をした。

先生の持つスキル、生徒名簿。

それは生徒たちの情報を得ることができるスキルらしい。

ただし、その情報を生徒自身に伝えることはできない。

なぜならば、ペナルティーがあるから。

実際にそのペナルティーがどんなものなのか、私は知らない。

重いのか軽いのか。

もしかしたらそんなものないのかもしれない。

このスキルを作ったDならどんなことでもやりかねない。

ぶっちゃけ、私がこうして先生のスキルに言及するのもギリギリのラインかもしれないのだ。

もし私が先生のスキルについて話して、それでペナルティーが発動されたら目も当てられない。

だから必要最小限の情報だけを出しておく。

幸いなことにそれで工藤さんは察してくれたようだし、先生の汚名を返上する一助にはなっただろう。

……代わりに、工藤さんがさらにうなだれちゃったけど。

こればっかりはしょうがない。

あとで本人たちでできちゃった溝を修復していくしかない。

そこは余人である私の出る幕じゃないだろう。

「……そう。そういうこと。……でも、ごめんなさい。すぐ、先生に謝ることはできそうにないわ。頭ではわかっても、ここで無為に失われた時間が、素直に謝罪するのを拒むのよ」

工藤さんはうなだれながら、そう力なく言った。

工藤さんもかなり内心複雑なんだろう。

先生が悪くなかったというのがわかっても、それでもこのエルフの里で監禁されていた時間は長い。

なんせ生まれて間もないころからずっとだもん。

前世の人生と同じか、物心つく年齢のことを考えればそれ以上の時間を、このエルフの里で過ごすことになったんだから。

「そうだよな」

「せっかくのファンタジー世界なのに、飼い殺しだもんな」

「保護って言っても、監禁だし」

ひそひそと、工藤さんに同意する声が上がる。

「けど、衣食住保証されてたんだし、悪くはなかったんじゃない？」

「スローライフ、とはちょっと違うけど、私はまあ不満はなかったかな」

「あんな姿見せられちゃうとね。ちょっと責められないよ」

一方で、先生をかばう声も聞こえてくる。

比率は大体半々くらい。

ただ、両者に言えるのは、どっちもどっちの言い分もわかるといった感じで話し合っていることだ。

ここでの生活に不満は少なからずあった。

けれど、先生を全面的に責めることもできない。

そんな空気。

どちらかというと、男子がより不満を声にしている感じだ。

やっぱ男の子は冒険とかそういうのに憧《あこが》れるんだろうか？

外で冒険者として活躍していた田川くんに、羨望《せんぼう》の眼差《まなざ》しを送っていたし。

というか、田川くんという成功例がいるからこそ、そう思うのかも。

外にいられれば、自分も、って感じで。

そう、うまくいったかなー？

「言っておくけどな、外の生活もいいもんじゃねえぞ？」

おっと、その田川くんが口を開いた。

「お前、それお前が言っても説得力ねーよ」

男子の一人がそんなツッコミをする。

確かに。

成功者の田川くんが言っても、自慢にしか聞こえない。

「じゃあ、聞くけどよ。お前ら一日中苦痛で呻《うめ》いたことあるか？　そこまでじゃなくても、骨折したとかでかい切り傷を作ったとか」

田川くんの言葉に、主に転生者の男子が顔を見合わせる。

「一回だけ、作業でミスって骨折ったことなら」

「じゃあ、想像してみろ。それが日常茶飯事だってな」

男子の一人がそう名乗り出ると、田川くんはこともなげに言ってのけた。

「は？」

「冒険者やってりゃ、そのくらいの怪我《けが》は日常茶飯事だ。治療魔法で治してもすぐ同じような怪我をする。そうやって生傷絶えない状態に慣れないと、やってられない。ちなみに俺はアサカがいなかったらとっくの昔に心折れてただろうよ」

真剣な話してるのか、それとも惚気《のろけ》ているのか。

判断に迷うところだな。

「俺はどうしてもやりたいことがあったから、冒険者っていう危険な仕事に就いた。けど、何度もそれを後悔した。死にそうになったことも何度もあるし、アサカがいなかったら実際俺は何度死んだかわからない。憧れだけで冒険者やろうってんだったら、悪いことは言わない、やめとけ」

田川くんが男子を見回しながら言った。

むむむ。

やっぱ真剣な話してんのか、惚気てんのか、どっちなんだ？

「今言ったのは冒険者っていう特殊な職業についての話だが、それ以外でも外が危険なことは確かだ。冒険者っていう職業柄、俺はいろんなところでいろんな悲劇を見てきた。魔物に殺された人や、盗賊に殺された人。そうやって死んでいった人たちだけじゃない。残されて身寄りのなくなった子供や、金銭的な理由で捨てられる子供だっている。委員長の家は貧しかったんだろ？　ここにいなかったら、どうなってたかな」

田川くんが工藤さんにそんな、残酷なことを言う。

工藤さんは、反論できずにうつむいた。

なんせ、工藤さんは実の親に売られたのだ。

その売り先がエルフだったというだけで、別の場所に売られていたことだって十分に考えられる。

その場合さすがに赤ん坊のころに売られるってことはなかっただろうから、もう少し成長してからの話になっただろうけど、どこに売られるかは運次第。

転生者の利発さを見込まれて、いいところの商家に引き取られるとかだったらいい。

けど、転生者の美貌《びぼう》を買われて、いかがわしいところに、なんてことだって十分にありえたことだ。

そんな転生者たちを鬼くんが手を叩いて静かにさせる。

「結局のところ、どっちがよかったとか、そういう話をしても意味がないと思うけどな。だって、過去は変えられないんだ。僕らがこうして今ここで生きていることは変えようがない。そして、今ここにいない、死んでしまった人がいることも、ね。生きてる僕らがどっちがよかっただのなんだの言えるのは、贅沢《ぜいたく》なことだと思ったほうがいいよ」

生きていられるだけで贅沢。

それを言われた転生者たちは、シーンと静まり返った。

「エルフをあれだけ殺したお前が、それを言うのか？」

ただ一人を除いて。

山田くんの発言で鬼くんがエルフを虐殺したことが判明してしまった。

ただ、魔族軍がエルフに勝利したことは今までの話の流れから理解していただろうから、工藤さんをはじめとした転生者たちもエルフの末路はなんとなくわかっていただろう。

ただし、わかっているのと実感しているのはまた別の話。

頭ではエルフが虐殺されたということがわかっていても、それを実感するのは難しいだろうし、ましてやそれに元クラスメイトがかかわっているどころか自ら手を下していると言われてもね。

その証拠に、冷たい沈黙がこの場を支配していた。

例外なのは、田川くんと縛られた草間くんと荻原くんだけ。

あとは、事前にそのことを知っていた、というか目の前で見ていた漆原さんと大島くんと、発言者である山田くん。

工藤さんですら言葉を失っている様子で、その他の面々なんて山田くんの言葉がうまく飲み込めないのか、呆《ほう》けた顔をしているのも何人かいるくらい。

理解できた人でも、本当のことなのか疑っているのか何なのか、キョロキョロと他の人の顔色を窺《うかが》っている。

たぶん、このエルフの里で暮らしてきた転生者たちにとって、死は縁遠いものなんだろう。

だから、知り合いが死にましたと言われても実感が湧《わ》かない。

死に至らしめたのが、元クラスメイトとなればなおさら。

日本では寿命以外で死ぬなんてことは滅多になかったし、その感覚を引き継いでいるのかな。

知り合いだろうが何だろうがポコポコ死んでいくこっちの世界とでは、死に対する感覚があまりにも違いすぎる。

その点、エルフの里の外で育った田川くんや草間くんは、この世界での死生観をしっかりと認識している。

だから慌てていない。

けど、それだとすると、どうして外で育ったはずの山田くんは、こうも憤っているのだろうか？

今までの話を聞いていればエルフは死んだほうがいい連中だって理解できるはずだけど。

「俊《しゅん》、言っておくけど、エルフは殺されても仕方がないだけのことはしてきた。だから、僕が殺しても問題はないよ」

「問題あるだろう！」

たしなめるように語りかけた鬼くんに対し、山田くんの反応は苛烈《かれつ》だった。

その反応の激しさにちょっと意表を突《つ》かれてビックリしたくらいだ。

「俊、話を聞いていたのかい？」

「聞いてたさ。確かにエルフたちがしたことは許されることじゃないのかもしれない」

おや？

一応山田くんもエルフが悪いってのは理解してるのか。

山田くんはエルフのほうに加担して参戦してたわけだし、それで引っ込みがつかなくなってエルフの肩を持ってるのかと思ったけど、違ったようだ。

「けど、だからっていって、殺してはい終わりじゃ、おかしいだろ」

山田くんの言葉に、転生者のうちの何人かが同意を示すような雰囲気があった。

……まあ、そりゃそうか。

エルフの里という閉鎖された環境で育てられれば、日本の価値観をそのまま残していても不思議じゃない。

日本では犯罪者は、法の下に厳正な処罰が与えられる。

死刑になるのは、よっぽどの重罪を犯した場合のみ。

その死刑にしても、撤廃すべきなんじゃないかって動きもあった。

こっちの世界とでは、命の重さが違う。

犯罪者でもそれは変わらない。

「エルフたちには、生きて罪を償う必要があった。あいつらにはその義務があった。それを、殺して終わりにしちゃいけなかったんだ。死んだら、そこで終わりじゃないか」

んー。言ってることは確かに正論だけど、なんていうか、甘いなーと思う。

世の中には罪を償う気なんてサラサラない悪人だってごまんといるんだから。

言葉を尽くせばどんな悪人だって悔い改める、なんていうのは、ご都合主義の物語の中だけ。

どんなにこっちが努力しようとも、改心することなんかないんだったら、付き合うだけムダな時間をすごす羽目になる。

それだったら後腐れなくスパッと殺っちゃったほうがスマートだと思うんだけどなー。

まあ、これはあくまでも私の意見だけど。

「そうだね。死んだら終わりだ。殺すのはよくない。それはもちろんのことだ。許されることじゃない」

鬼くんが、山田くんの言葉に同意する。

「だったら」

「じゃあ、直接間接問わずたくさんの命を奪ったエルフたちが許されないのも、当然のことだろう？」

何かを言おうとした山田くんの言葉を、鬼くんが遮る。

その鬼くんの言葉は、山田くんを黙らせるには十分な威力を持っていた。

「俊。身近な誰かを殺された人というのはね、殺した相手を許すことなんかできないんだ。どれだけそいつが罪を償おうとしても、胸に宿った憎しみは消えはしない。薄れはするかもしれない。けど、消えはしないんだ」

それは、とても実感のこもった言葉だった。

それを聞けば、鬼くんが身近な誰かを殺されたことがあるのだと、そうわかってしまう重みがあった。

「俊の言うことは立派だと思う。けど、どう足掻《あが》いたってエルフたちは許される立場じゃなかった。死ななきゃならなかった。だから僕らが引導を渡した。これで納得できないかい？」

鬼くんの重みのある言葉に、山田くんは反論なんかできるはずがない。

「納得、できないな」

はずだった。

けれど、山田くんの目には、力強い輝きがあった。

折れない何かが、確かにそこにあった。

「仮にエルフのことはそれでいいとして、帝国軍はどう説明するつもりだ？　お前たちは、ユーゴーを利用して帝国軍を囮《おとり》にして攻めてきたんだろう？　囮にされて、使い捨てにされた帝国軍の人たちのことは、どう説明するつもりだ？」

……痛いところ突かれたな。

たしかに、帝国軍は山田くん視点で見れば巻き込まれただけのかわいそうな人たちだよな。

そりゃ、納得もしづらいだろうよ。

現に転生者たちがザワザワしだしている。

雰囲気的にザワザワしてるだけで、誰一人として口は開いていないけれど。

「ねえ、今の話、本当なの？」

沈黙を破ったのは、工藤さん。

鬼くんと山田くんは睨《にら》み合ったまま動かない。

その二人にチラッと視線を向けてから、工藤さんは私に向き直って改めて聞いてきた。

って、私かーい！

「今の話が本当だとすると、あなたたちは夏目くんを利用した挙句に、帝国軍の人たちを殺したってこと？」

ん、まあ、概《おおむ》ね間違ってない。

「否定はしません」

「それは肯定と受け取るわ」

私の返答に、工藤さんが厳しい顔をしながらそう言った。

まあ、間違っちゃいないからねー。

実際にはたぶん工藤さんが想像してるよりも悪辣《あくらつ》なことしてるけど。

それは言わないでおこう。

きっとそのほうが双方ともに幸せさ、うん。

「利用したのは否定しないさ。けど、戦争なんだ。人死にが出るのは当たり前だろう？」

ここで鬼くんが開き直った。

「だが！」

「帝国軍が死ななければ代わりに死んでいたのは魔族軍だ。そして帝国軍は魔族軍にとって敵。その敵を利用しただけのこと。僕らのしたことは軍略的に間違っているかい？」

まあ、やったことを言えば敵を別の敵にぶつけて双方を消耗させ、漁夫の利を得たってことだからね。

戦争の戦略としては実に正しく効率的。

「そういう話をしてるんじゃない！」

ただ、まあ、山田くんが言いたいのはそういうことじゃないよねー。

「俊。この世界を見てきたならわかるだろ？　この世界は日本とは違うんだ。命の重さが軽いんだ。

日本の価値観をそのまま持ってきても、仕方ないだろ？」

鬼くんが強情な山田くんを説得するように、言い聞かせる。

「仕方ない？　どうしてそう思うんだ？」

けど、それは思わぬ反撃を生んだ。

「確かに、この世界では命が軽い。ちょっとしたことですぐに死ぬ。だからこそユリウス兄さまも……。いや、今はそれはいい。けど、けどな！　だからといって、軽々しく奪ってしまってもいいものじゃないだろ⁉」

叫ぶ。

それは、さっきの私の、甘いという認識を覆すだけの、力のこもった叫びだった。

日本の価値観を未だに引きずっているだけの、甘っちょろい意見だと思っていた。

違う。

山田くんは、理解したうえで、その甘さを貫いているのだと、その叫びが示していた。

「この世界は日本とは違う？　ああそうだろうよ。ここは日本とは何もかもが違う。けど、じゃあ、日本の価値観を捨てなくちゃ駄目なのか？　それはいけないことなのか？」

山田くんの言葉に、その斜め後ろに座っていた大島くんが、肩を震わせた。

その反応は、大島くんも、この世界で暮らしていくうえで、日本の価値観を捨てていたからか。

「京也。逆に聞く。お前は、仕方ないと言った。それは、この世界はそういうところだから、だから仕方がないんだって、妥協しただけじゃないのか？」

S2　命の価値

最初に魔物を、あの地竜を殺した時のことを、俺は一生忘れないだろう。

スキルがあってステータスがあって、おまけに魔物を殺せばレベルが上がる。

そんなゲームみたいな世界に生まれ変わって、俺はどこかゲーム感覚で生きていた。

それが間違いなのだと知ったのは、夏目、ユーゴーに殺されかけた時。

そして、この手で魔物の命を奪った時。

正確に言えば、その直後のことだ。

ユーゴーに殺されかけたのは、俺の人生観を変える大きなきっかけになった。

それまでの俺ははっきり言えば地に足がついていなかった。

第四王子という中途半端な地位。

生きるのには不自由しないが、王子としては完全に捨て置かれていたし、かといって完全に自由気ままというわけでもなかった。

地位と同じく、与えられた自由もまた中途半端。

けど、そのことに不満があったわけじゃない。

王族としてかっちりと振る舞う必要もなく、割とのんびりやらせてもらっていた。

自己鍛錬でスキルを磨き、ユリウス兄様の活躍を耳にして目を輝かせ、いつか自分も輝かしい活躍を！　と夢見る。

そんな子供らしい願望を持つことが許される立場だった。

そんな甘い夢は、ユーゴーによって殺されかけた時に罅《ひび》が入り、その後地竜をこの手で殺した時に粉々に砕け散った。

人に殺されかけるという経験。

そして、この手で魔物を殺したという経験。

どちらも日本ではまず経験することのないことだ。

俺は今世を、前世の延長というよりもゲーム感覚で生きていた。

死んだ後のボーナスステージのように。

だが、ユーゴーに叩《たた》きつけられた殺意はリアルで、地竜を倒した感触は生々しかった。

ユーゴーと戦っていた最中は圧倒されて、頭が混乱していて恐怖を感じている余裕はなかったが、助かった後に体が震えた。

地竜と戦っていた最中はそれどころじゃなくて、無我夢中だったから命を奪うことについて考える余裕はなかったが、その死体を目にして俺は吐いた。

その地竜がフェイの親だったというのを知ったこともある。

あの地竜は、もしかしたら子供であるフェイのことをずっと探していたのかもしれない。

そんな背景を想像してしまうと、ゲームと同じような感覚でいることなんてできなかった。

それから俺は、魔物と戦うことが怖くなってしまった。

だが、ユーゴーに殺されかけた経験が、その恐怖を押しとどめてくれた。

強くならなければ、自分の身さえも守れない。

俺はユーゴーに殺されかけ、地竜との戦いを経て、ユリウス兄様のような人族すべてを守り抜く気高い勇者になることはできないと実感した。

ユリウス兄様の横に並び立つということが、想像していたよりもずっとずっと遠い理想だったのだと思い知らされた。

俺には人族の命運なんて重い使命を背負うことはできない。

それでも、せめて身近な人を守るくらいの力は、手にしたかった。

だから俺は、再び魔物と対峙《たいじ》することを選んだのだ。

魔物と戦う実習があり、俺は魔物と相対した。

学園の実習で未熟な生徒が戦う相手とあって、その時の魔物はかなり弱いものだった。

大人であれば戦闘を普段しない人間でも撃退できるような、小動物と言っていいようなもの。

それでも魔物は魔物。

魔物は人を積極的に襲ってくる害獣であり、弱い魔物であろうと殺さなければ被害が出る。

いくら弱かろうと、魔物である以上危険が全くないわけではない。

大人であれば撃退できると言っても、それは言い換えれば子供では危ないということだ。

そして、大人であっても怪我《けが》なく撃退できるとは限らず、下手《へた》をすれば命だって危ない。

現に、そんな弱い魔物でも少ないながら被害が毎年出ていた。

実習には生徒に魔物との戦いを経験させるのと同時に、魔物を間引く意味もあった。

だから、魔物を殺すことをためらってはいけない。

だが……。

俺のことを本気で殺そうとしてくる魔物。

生きた意思がそこにはあった。

ゲームのプログラムなんかとは違う、考えて行動する意思が。

俺は魔物と戦う、もっと言えば、生物と戦うということを甘く見ていた。

彼我の戦力差という意味ではない。

それで言えば、俺のステータスは同年代の中で高く、弱い魔物であれば簡単に勝てた。

そういうことじゃない。

あの感覚を言葉にするのは難しい。

けど、魔物と対峙した俺は、戦うということが想像の中のどれよりもリアルで、恐ろしいものだったのだということを、地竜との戦いで経験していた。

そう、恐ろしかった。

迫りくる魔物が、俺を殺そうとしてくる存在が、そして、それを俺が殺さなければならないということが。

剣をその魔物に振り下ろそうとするたびに、力尽きた地竜の姿が脳裏にちらついた。

結局、俺は初戦で魔物を殺すことができず、魔物の攻撃を避け続けることしかできなかった。

そして、それを見かねた同じ班のパルトンが止めを刺した。

あっさりと。

「どうして……」

俺はパルトンに、そう聞いていた。

自分でも何に対してそう聞いたのか、よくわからなかった。

ただ、頭に浮かんだ言葉をそのまま呟《つぶや》いただけ。

「あ、すみません。てこずっておられるようでしたので、つい」

俺の問いかけに対するパルトンの答えは、俺から獲物を横取りしたことを謝るようなものだった。

「出過ぎたまねをいたしました。考えてみればシュレイン様がこの程度の魔物にてこずるはずもありませんでした。なるほど！　魔物の動きを見ていたのですね！　弱い魔物でも油断せずに観察に徹する。勉強になります」

違う。

そうじゃない。

俺が聞きたかったことも、俺が魔物を倒せなかった理由も、そんなことじゃない。

だが、わかる。

わかってしまう。

これが、これがこの世界と日本との違いなのだと。

こちらの世界では命が軽い。

あまりにも軽い。

魔物は殺して当たり前。

魔族は敵だから殺して当たり前。

人同士でさえ、簡単に殺し合いになる。

そして奪った命に対して、この世界の人間はあまりにも無頓着《むとんちゃく》だ。

まるで作業のように命を奪っていく。

パルトンにも、魔物を殺したことに対する特別な感情は見受けられなかった。

俺だって聖人君子じゃない。

日本にいた頃《ころ》だって肉は食っていたし、虫を殺したことだってある。

命の価値は虫だろうが動物だろうが人だろうが平等だなんて言えない。

魔物は人を襲う害獣で、殺さなければ逆に殺されるということもわかる。

けど、虫を殺すかのように魔物を殺すことに、抵抗を感じた。

それでも、結局俺はその日、歯を食いしばって魔物をこの手で殺した。

パルトンの尊敬の眼差《まなざ》しを裏切ることが怖くて。

そして何よりも、ユーゴーに襲われ、死にそうになった時のことを思い出して。

最低でも自分の身は自分で守れるようにならなければならないという、その想《おも》いから、俺はレベルを上げるために魔物の命を奪った。

俺の勝手な都合で、一つの命を奪った。

忘れもしない。忘れてはならない。

剣が皮を裂き、肉を切り、骨を断つ感触を。

飛び散る血の臭いを。

断末魔の鳴き声を。

目に焼き付いた、命の消えていく瞬間を。

ゲームの画面の中のＣＧとは違う、リアルな死がそこにはあった。

日本でだって、害獣を駆除することはある。

もっと言えば、店頭に並んでいる肉も、元は生きていた牛や豚だったのだ。

人が生きていくには、命を奪わないといけない。

間接的にせよ、俺たち人間は生きていくうえで無数の命を奪っている。

けど、直接命を奪うことが、これほど重いことだというのは、知らなかった。

そして、考えてしまうのだ。

魔物でこれなのだとしたら、人を殺したらどれだけ重いのだろうかと。

怖い。

考えるだけで、怖い。

ユーゴーは、どうしてあんなことができたのか？

俺と同じような想いを味わったのであれば、ここが夢のような世界だなんて思わないはずだ。

ここはゲームのような世界でも、ゲームではない。

命が軽く見られていても、地球とその重さは変わっていない。

それを、人々がわかっていないだけで。

わかっている。

争いが絶えないこの世界で、相対的に命を軽く見なければやっていけないことくらい。

彼らだって自分の生活のため、魔物や魔族を殺しているのだって。

それをやめろだなんて俺には言えない。

俺だって、自分のために魔物を殺してきた。

その十字架は一生背負っていくことになる。

その重さを少しでも軽くするために、命の重さを軽く考えたい気持ちも、わかる。

けど、しょうがないと言って、俺まで考えを変えることはできない。

だって、できないとわかっていながら、それでもなお、死ぬまで理想を追い求めていた勇者を知っているのだから。

「夢だっていい。実現不可能な戯言だと笑われてもいい。けど、目指すことだけはしていいはずだ。平和でみんなが笑って暮らせる世界。僕はその理想を追い続ける。死ぬ時までね」

ユリウス兄様は、そう言って戦い続けていた。

平和を目指すために戦うという矛盾。

それに苦しみながら、それでも俺にはその苦悩を見せず、戦い続けていた。

俺は、そんなユリウス兄様の理想の後を継ぎたいと思った。

俺は戦うことが怖い。

命を奪うことが怖い。

命を奪われることも怖い。

覚悟を持って戦い続けたユリウス兄様のような、立派な勇者なんかにはなれない。

志だって、ユリウス兄様の受け売り、模倣でしかない。

中途半端な、ないないづくしのなんちゃって勇者だ。

けど、そんな俺だからこそ、できることがあるんじゃないかという思いもあった。

命の重さを知っていることが、その第一歩なのではないかと。

平和な日本で生まれ育った倫理観が、少しでも役に立つんじゃないかと。

争いをなくすことはできなくても、少しでも争いを減らすことはできるんじゃないかと。

みっともない勇者失格の俺だけど、そんな俺でもできることを探したい。

俺ができることを、精一杯していきたい。

そう、夏目に王国を追われる前まで思っていたし、その後も目の前のできることからやってきていた。


そんな俺の考えも、ユリウス兄様の意志も、まるで嘲笑《あざわら》うかのようにこの世界の真実を告げられ、感情的になってしまった。

失言したと気付いたのは、京也の表情からすぐにわかった。

京也は、何かをこらえるかのような苦し気な表情をしていたから。

その表情から、京也だってやりたくてエルフたちを殺したんじゃないということが伝わってきて、どこかホッとした。

けど、胸の内で渦巻く感情がそれで収まるわけではなく、さりとて追い打ちをかけるように言葉を重ねることもできず、俺はただ京也の顔を眺めた。

「……すまん。ちょっと感情的になって、言いすぎた」

そうしてどれだけの時間が過ぎたのか、ようやく幾分か落ち着きを取り戻した俺は、京也に謝った。

ここで京也を責めるのは筋違いだと、なんとなく思ったからだ。

「いや。謝る必要はないよ。俊は正しい」

京也が、力なく首を振る。

「羨《うらや》ましいよ。正しさを貫ける、俊が」

その力のない、弱々しい表情が、エルフを容赦なく殺したのと同一人物のものなのか、俺はにわかには信じられなかった。

京也にも、いろいろとあったのだろうことが、それで伝わってくる。

京也はそんな弱さを一瞬だけ見せ、しかし、いったん目を閉じて再び開いた時には、力強い目つきに戻っていた。

「俊は正しい。けど、僕は僕の進む道を変える気はない。やったことを後悔することもしない」

そこには、絶対に譲ることのない、信念を宿した男がいた。

決して俺とは相容れない、信念を宿した――。

3　力がなければ這《は》いつくばればいいじゃない

「すまん。真剣な話してるとこで悪いんだが」

ピリピリとした空気を破ったのは、すっかり存在を忘れていた草間くん。

荻原くんと向かい合わせで縛られたままという、絵面的に何とも言えない状態の草間くんが、やたらキリッとした表情で口を開く。

「漏れそうなんだ。トイレ行ってきていい？」

一緒に縛られている荻原くんの表情の変化が面白かった。

こいつ空気読めよ、という呆《あき》れ顔《がお》から、おいマジかよ⁉　という驚愕《きょうがく》顔に。

うん。

まあ、一緒に縛られてるからね。

草間くんが漏らすと、密着して縛られている荻原くんは大変なことになるよね。

そりゃ、そんな顔にもなるさ。

「いいんじゃないかしら？　ちょっと熱を冷まさなきゃならないのもいるみたいだし。小休止ってことで」

私が何か言うよりも前に、吸血っ子が休憩を宣言してしまった。

しかも、宣言した瞬間、我先にと椅子から立ち上がって伸びをし、そのままスタスタと外に出ていく。

あいつ、さっきからつまんなそうな顔を隠そうともしてなかったけど、マジでつまんなかったんだな……。

「じゃあ、俺もトイレ！」

草間くんが叫びながら姿を消す。

縛られていたのが嘘《うそ》のように、一瞬で姿が掻《か》き消えた。

おー。

今のはちょっと忍者っぽい。

やろうと思えばすぐに脱出できたんだな。

それをしないでちゃんと許可を取ったのは、一応空気を読んでたんだろうか？

あのタイミングでトイレ宣言したのも、実は空気を入れ替えるためにあえてとか？

……イヤ、ないな。

草間くんに限ってそれはないわー。

単純にいいタイミングでトイレ行きたくなっただけでしょー。

いるよね、ここぞという時に何故かトイレ行きたくなる人。

試験の時とか。

吸血っ子と草間くんが颯爽《さつそう》と出ていっちゃって、他の転生者たちはちょっとの間どうすべきか迷っていたっぽかった。

けど、鬼くんが無言で目を閉じ、それに呼応するよう山田くんがいろんなものを吐き出すように大きなため息を吐いたことで、動き出した。

すぐに思い思いの行動を取り出す。

ある人は近くの人と会話を始め、ある人は階段を上っていき。

あ！

上と言えば、先生が介抱されてるはずじゃん！

ちょっと様子を見に行こう。

進行役の私がいなくなってもいいのかって？

もうなんかいろいろグダグダだし、私がいなくなってもどうにかなるって。

逆に言うと私がいようがいまいがどうしようもねえって感じだけど。

椅子から立ち上がり、階段に向けて歩き出す。

なんか、この場に残った人たち全員にメッチャ注目されてる気がするけど、きっと気のせいってことにしとこう。

特に工藤さんと漆原さんあたりからバシバシと視線が突き刺さってきてる気がするけど、無視だ無視！

「先生のところに行くんだったら、俺もついていっていいか？」

私が鋼の精神力で針の筵《むしろ》を歩いている気分をどうにかしているっていうのに、空気を読まずに話しかけてくる勇者が約一名。

うん、まあ、マジもんの勇者だしな、山田くん。

ていうか、それ私に許可とるようなことじゃないし、疑問形で聞いてきてる割にもう椅子から立ってついてくる気満々じゃん。

もういろいろめんどくさくなって、肯定の意味で無言で頷《うなず》き、そのまま山田くんを無視する形で歩き出す。

山田くんもまた、無言で私の後をついてきた。

そのさらに後ろを、若干所在なげにしながら大島くんがついてくる。

そのさらにさらに後ろから、無言で漆原さんがついてくる。

漆原さんって結構お喋《しゃべ》りなイメージがあるんだけど、ここまで一言もなし。

そのくせ視線の圧はものすごい。

なんていうか普段のうるさいイメージとのギャップもあってなんか怖いんだよな。

私含めみんな無言のまま階段をのぼり、目当ての部屋に到着。

一応礼儀としてノックをして、扉の前で返事を待つ。

が、返事の前に扉が内側から開いた。

扉を開けたのは、先生に付き添っている櫛谷さんだ。

「どうぞ。まだ寝てるから、静かにね」

さすが、元冒険者だけあって、私たちが近づいてきた気配は察知してたみたいだ。

話し合いの時から思っていたけど、櫛谷さんと田川くんは外の世界とこのエルフの里での生活と、両方を知っているからか話がわかる。

冒険者として自活していた経験があるからか、決断力が他の転生者たちとは違う感じ。

さっきも先生の介護を率先して買って出てくれたし。

そこらへん、同じ外で暮らしていたけど、温室育ちの山田くんたちとは異なる。

櫛谷さんに促されて室内に入ると、ベッドに横になった先生が目に入った。

さっき櫛谷さんが連れ出した時は意識があったはずだけど、心労やら何やらで寝込んでしまったようだ。

で、先生が寝ているベッド以外にも、もう一つベッドがこの部屋にはあって、そこには長谷部さんが寝ている。

長谷部さんを監視しているフェルミナちゃんが、そのベッドのわきに無言で座っていた。

……フェルミナちゃんの視線が冷たい気がする。

きっと気のせい！

今日はいろいろな視線を感じるけど、それら全《すべ》ては私の気のせいなのだ！

そういうことにしとかないといけないのだ！

いいね⁉

「先生の容態は？」

山田くんが櫛谷さんに問いかける。

「何とも言えないわ。体というよりかは心の問題だもの。今は疲れからか寝ちゃってるけど、起きた時どうなるかはわかんない」

そう言って櫛谷さんは肩をすくめた。

淡泊な物言いで、やや薄情に聞こえるかもしれないけど、彼女なりに先生のことを気づかってるんだろう。

「そっちは？」

櫛谷さんが山田くんではなく、私に視線を向けて問うてくる。

話し合いを終えたにしては随分早く私たちが顔を見せたので、下はどうなったんだと聞いてきてるっぽい。

「小休止中。ちょっと俺が話を脱線させちゃってな」

山田くんが苦笑しながら答える。

脱線させてた自覚はあるのか。

「まあ、しょうがないわ。いろいろ聞きたいことがありすぎて、何から聞けばいいのかもわからない状況だし」

櫛谷さんが嘆息しながらチラッとこっちを見る。

櫛谷さん的にも、私たちが今後どう出るのか気になっているところではあるっぽいな。

いくら経験を積んだ元冒険者でも、先が見えない不安はある、か。

「これだけは聞いておきたいの。若葉さん、あなたは今後私たちをどうするつもりなの？」

意を決したように聞いてくる櫛谷さん。

んー。

かなり勇気を出して聞いてきたことはわかるんだけど、それに対する私の返答ってにべもないんだよなー。

「別に。特にどうとも」

「はい？」

さすがの櫛谷さんも、私のその返答には納得がいかないのか、変な声を出していた。

「どうともって……」

今にも頭を抱えそうな雰囲気の櫛谷さんだけど、うん、まあ、なんだ。

だって実際その通りなんだもんよー。

このエルフの里を攻め滅ぼした最大の理由は、ポティマスをぶっ殺すこと。

その次に利用されている先生を解放することで、さらにその次が監禁されていた転生者たちを救出すること。

ぶっちゃけ転生者を救出するのはポティマスをぶっ殺したついででしかない。

だから、その後転生者をどうこうとか正直考えてないのよな。

この先彼らが何をしようが、自由にすればいいと思う。

とは言え、いきなり君らは自由だからあとは勝手にしてくれって放り出すのもあれなんで、最低限の支援くらいはするつもりだけど。

まあ、もうみんな前世もふくめるといい歳《とし》なんだから、基盤さえ整えてやれば自活できると信じている。

閉ざされた箱庭のようなとこで生活してたせいか、精神年齢はあんま成長してない気もしないでもないけど。

そういう説明をすればいいんだけど、面倒。

この口が！

喋るのはダメだと訴えているんだ！

「それら含めて下でまた説明します。櫛谷さんは田川くんにでも後で聞いてください」

今説明したところで二度手間になるしね。

そんな面倒なことはしたくない。

先生の様子も見れたし、寝てる場所でこれ以上ざわざわしててもしょうがない。

だからこれはちゃんとしたお暇《いとま》なのだ。

敵前逃亡では決してない。

ないったらない。

というわけで、戻ろう。

唖然《あぜん》としている櫛谷さんや山田くんたちをその場に残し、私は反転して部屋を出ていった。

なんか漆原さんからものすごい視線を感じたけど、気のせいってことにしておこう！

下に戻ると、弛緩《しかん》しかけていた空気がまた緊張するのが手に取るようにわかった。

戻ってきた瞬間、その場にいるほぼ全員の視線が私に突き刺さった。

おう。

私の存在はそんなに皆さんにストレスを与えますか、そうですか。

草間くんはまだ戻ってないし、それ以外にも戻ってきてない人がちらほらいるから、まだ小休止は続けていいかな。

ということで、この視線の嵐《あらし》から私は脱出する！

なんか荻原くんが床に正座してるけど、見なかったことにしとこう。

突き刺さる視線を無視し、そのまま外へと続く扉に向けて歩いていく。

ふう。

なんだこの針の筵感。居心地《いごこち》悪いわー。

このままバックレていいっすか？

ダメっすか？

そうっすか……。

この小休止が終わったらまた説明会を再開しなけりゃならんのだけど、優秀なサポート役の鬼くんがあの調子だとなぁ。

鬼くんのサポートはちょっと望めないかもしれん。

そうなると、誰か他のサポートが必要になるんだけど、その候補は一人しかいないんだよなあ。

その候補、吸血っ子はと言えば、召喚したらしい黒い狼《おおかみ》を背もたれにして、日向ぼっこに勤《いそ》しんでいた。

おい、吸血鬼。

いいのかそれで？

それでいいのか吸血鬼？

なんか、全世界の吸血鬼に喧嘩《けんか》売ってるような光景を作り出している吸血っ子。

吸血鬼じゃなければほのぼのとした光景なんだろうけど、吸血鬼だからなあ。

「なに？」

イヤ、なに？　じゃねーよ。

お前は日光を克服していない全吸血鬼に謝れ！

「いい天気ねー。臭いさえどうにかなれば気持ちよくてこのまま寝れそうだわ」

謝れ！

全世界の吸血鬼さんに謝れ！

確かにいい天気だけどさあ。

燦々《さんさん》と照り付ける太陽。

吸血っ子が背もたれにしている黒い狼は、モフモフしてていい感じのクッションになってる。

焼け野原から漂ってくる臭いさえ何とかなれば、確かに気持ちよく寝れそうな陽気ではある。

とか言ってる間に、ホントに吸血っ子は目を閉じて寝る体勢になってやがる。

「痛⁉」

なんとなくイラっとしたので、軽く吸血っ子の脇腹《わきばら》を蹴《け》る。

何すんだこいつって感じで吸血っ子が睨《にら》みつけてくるけど、これは不可抗力ってやつでしょうがないんだ！

全部吸血っ子のせいだ！

「何よ？　寝ちゃ悪い？」

悪いわ！

「いいじゃない。どうせあの集まりに私がいてもしょうがないんだし。いなくてもいいなら欠席したっていいじゃない」

確かにさっきはこいつ空気だったけど、鬼くんがサポートから外れ気味の現在、それでは私が困るのだよ。

なんとかこいつに説明役を押し付けなければ！

……説明、こいつにできるの？

なんかいろいろと不安しかねえんだけど？

「退屈で眠くなっちゃったんだもの。しょうがないじゃない」

そう言ってかわいらしく欠伸《あくび》を漏らす吸血っ子。

気だるげなその態度がやたら色っぽい。

まったく。

無駄に色気づきおって。

そのけしからん胸をもいでやろうか？

あ、いえ、何でもないです。

脳内で魔王が黒い笑みを浮かべながら手をワキワキさせている姿が浮かんできて、慌てて胸の話題を忘れる。

魔王、あれで体形にはコンプレックスもってるからな……。

「大体からして、あいつらにご主人様が説明してやる義理ってあるの？　あの勇者はなんか聞く権利があるだろとかほざいてたけど、別にそんな権利なくない？　だって私たちが気を利かせて教えてあげてるだけだもの。別にこっちは教えてやる義理なんてないんだから、放っておけばいいのよ」

うわー。

なんか、吸血っ子、思った以上にあの説明会でストレス溜《た》めてたっぽい。

まあ、吸血っ子の気持ちもわからんでもない。

吸血っ子は前世とスッパリけじめをつけている。

前世は前世、今世は今世と割り切っているので、転生者にしても昔ちょっと交流のあった顔見知り程度の認識なんだと思う。

むしろ顔見知り未満かも。

だから、自分たちが優しくしてやる義理はないと思っている。

ぶっちゃけその認識は間違ってない。

転生者たちに説明してやる義理は、正直ない。

ただ、彼らは彼らで被害者だから、訳もわからずに放り出すのはさすがになあ、という、ただそれだけの理由で説明してるだけだし。

吸血っ子が言うように、山田くんが言う聞く権利ってやつも、実は私たちのさじ加減でしかないんだよなー。

「むしろ、ご主人様が何であんな懇切丁寧に説明してやってるのか。そっちのほうが不思議でならないわ。説明するのとか苦手なくせに」

おいコラ最後の一言！

お前、それは事実かもしれないけど言っていいことと悪いことが世の中にはあってだね！

「情の欠片《かけら》もない冷血人外のご主人様が」

さらになんか追加された。

吸血っ子、君、ちょっと裏で話し合おうか？

私たちにはまだまだ相互理解が足りないらしい。

「ハア。いいわよ。説明役、代わってあげても」

私がマイホームに吸血っ子を拉致《らち》してOHANASHIしようとしていたところ、そんな提案をされた。

なん……だと……⁉

あの吸血っ子が、空気を読んだ⁉

「何その予想外って顔？　ご主人様は私のことなんだと思ってるの？」

ポンコツ吸血鬼。

私の内心の感想が伝わったのか、吸血っ子は不愉快そうな顔をしながら立ち上がった。

背もたれにしていた黒い狼が、吸血っ子の影の中に吸い込まれるようにして消える。

「ふう。どうせご主人様に任せといたら茶番が長引くだけだし。京也くんもいろいろしがらみがあってうまくいなせそうにないし。あんな退屈なこと、さっさと終わらせるに限るわ」

そう言って颯爽《さっそう》と転生者たちが待つツリーハウスに戻っていく吸血っ子。

誰だ？

あのできる系ウーマンな雰囲気を発しているのは？

「何してるの？　さっさと始めてさっさと終わらせましょ」

吸血っ子が扉の前で振り返り、私を呼ぶ。

私は魂が半分抜けたような気持ちになりながら、フラフラーッとその後を追った。

ツリーハウスの中に戻ると、そこには縛られた草間くんと荻原くんの姿があった。

安定の向かい合わせ、抱き着いたような状態の縛り方である。

ここを出ていく時は荻原くんだけが正座していた気がするんだけど、なんでまた草間くんとセットになって縛られてんの?

……うん。

ここはスルーで。

前を歩く吸血っ子もスルーしてるし。

吸血っ子は先ほどまで私たちが座っていた椅子の前に行く。

けど、座ることはなく腕を組んで立ったまま。

ただ、無言で私に座るように促してくるので、とりあえず私は座っておく。

「はいはい。それじゃあ再開するわよ。いない人は? いる? いるんだったら誰か呼びに行ってちょうだい」

吸血っ子が手をパンパンと叩《たた》きながら、部屋にいる人たち全員に聞こえるように声を張り上げる。

割と大きな声を出しているというのに、不思議と気品が損なわれていないのが凄《すご》い。

あれ?

こいつこんなに立派だったたっけ?

吸血っ子の声に反応して、それまで雑談を交わしていた転生者たちが静かになる。

同時に、工藤さんが席を立って階段を上っていった。

山田くんとかまだ戻ってきてないし、呼びに行ったたっぽい。

吸血っ子はそれを見届けてから、再度腕を組んで静観の構えをとった。

それを、鬼くんが訝《いぶか》しげに見つめる。

うん。

鬼くんの気持ちはよくわかる。

こういう場面で吸血っ子が矢面に立つことはないからね。

で、吸血っ子が率先して行動する時って、大抵なんかろくでもないことが起きる前兆だったりするし。

チラチラと私に問いたげな視線を向けてくる鬼くん。

しかし、私に言えることはない！

しばらく待っていると、工藤さんが山田くんたちを連れて戻ってきた。

それぞれがさっきの席に着く。

「じゃあ再開するわよ」

吸血っ子が進行役に変わったからか、さっきとはまた別種の緊張感があたりを包む。

さっきまでの緊張感が、先の見えない不安と、得体の知れない人物に対する恐怖をはらんでいたのに対して、今の緊張感は単純に吸血っ子の存在感に威圧されている感じ。

……あれ？

なんか私への緊張感のほうが酷《ひど》くね？

解せぬ。

「まず最初に言っとくけど、あんたたちは私たちに助けられた立場で、しかもその生殺与奪権はこっちが握ってるってことを理解しときなさい」

ぶっ⁉

なんかいきなり爆弾ぶっこんできた。

「ちょっと待て！」

「うるさい。黙りなさい」

山田くんが立ち上がりながら抗議しようとしたけど、吸血っ子はそれを黙らせた。

物理的に。

「がっ⁉」

たぶん、この場で何が起きたのか理解できたのは、私と鬼くんだけだと思う。

大島くんや田川くんといった、ある程度戦える転生者でも、吸血っ子の動きは目で追えてなかったはずだ。

吸血っ子が何をしたのかと言えば、単純に山田くんに近づいて足払いしただけ。

ただ、その速度と足払いに込められた力が尋常じゃなかったというだけで。

山田くんが椅子を吹き飛ばしながら倒れる。

一応手加減したのか、山田くんの足が折れてる様子はない。

手加減してなかったら折れてるどころか、山田くんの下半身が吹っ飛んでたかもしれないし。

「こっちは親切心、というか、義理で話してあげてるの。わかる？　あ、げ、て、る、の」

倒れ、痛みに呻《うめ》く山田くんに向けて、吸血っ子が幼子に言い聞かせるかのように語る。

「ぶっちゃけ私たちはエルフを攻め滅ぼしたついでであなたたちを助けただけ。だから別に説明もなしに放り出してもいいのよ。だけど、前世の好《よしみ》で親切に、こうして説明してあげようっていうの。優しいでしょ？」

優しい奴《やつ》はいきなり人の足を払ったりしないと思う。

てか、生殺与奪権握ってるとか、脅しにもとれる言葉は吐かんがな。

「ちょっと」

「京也くんも黙ってなさい。あなたのせいで脱線しまくってるんだから、これ以上場を混乱させないでくれる？」

苦言を呈そうとした鬼くんを、吸血っ子が黙らせる。

現在進行形で場を乱しまくってる奴の言葉じゃねーな！

「聞く権利はあるだっけ？　そんなのあるわけないでしょ。あなたたちの今の立場は捕虜みたいなもんよ。しかも、国元のない難民の。生かすも殺すも私たちの気分次第ってわけ。おわかり？」

ニッコリと微笑《ほほえ》む吸血っ子とは対照的に、転生者たちの顔色は一気に悪くなっていく。

さっきまで学級会の延長みたいな空気が漂っていたのに、今は殺すだの生かすだのといった不穏な言葉に、自分たちが立たされている現状が思っていた以上にやばいということに気づいたみたい。

うん。

それをわからせる手法が強引すぎるけどな！

どうすんだこの凍りついた空気！

「そんな言い方」

「だから黙りなさいってば」

再度何かを口にしかけた山田くんの顔を、吸血っ子が容赦なく蹴《け》り飛ばす。

「やめろ！」

「だからうるさいってば」

止めに入ろうとした大島くんを、吸血っ子はひっぱたいて床に転がす。

女の子の顔になんてことを！

大島くんを女の子カテゴリーに入れていいのかどうかは、まあ、いいか。

「文句があるなら出ていってちょうだい。こっちは説明をしてやる義務はないんだから。あなたたちが聞きたくないって言うのなら別に聞かなくてもいいわ。聞く気があるのなら黙ってなさい。あんたたちが口を開く時間が無駄」

シーンと静まり返る室内。

山田くんが静かに大島くんのそばにより、はたかれた箇所に治療魔法をかける以外、動きらしい動きがない。

息さえひそめている感じに。

「よろしい。じゃあ黙って聞くこと。途中質問は受け付けないわ。全部聞かせたうえで、最後に受け付けてあげる。それまでは黙って聞いてなさい。いいわね？」

誰《だれ》も吸血っ子に反論しようとしない。

完全に恐怖政治のやり方だこれー！

確かに、話を聞かせるのには有効かもしれないけど、その後の心証最悪じゃないですかやだー。

どうすんのこれ？

もう知ーらねっと。

「どこまで話したかしら？　ええと」

吸血っ子は顎《あご》に指をあてて、そのまま考え込み始めてしまった。

うん。

こいつ、さっきまでの話全然聞いてなかったな！

校長先生の長話を聞き流す感覚で、右から左にスーッと耳を素通りしていったに違いない。

「まあいいわ」

よくねーよ！

「現在の世界の状況は、すっ飛ばしましょう。ぶっちゃけ、世界が崩壊間近だとかそういう話されても困るだけでしょ？　どうせ聞いたところで何ができるわけでもないんだもの。聞くだけ無駄だわ。詳しく知りたければ後で個別に聞きに来なさい」

だいぶぶっちゃけたよ、おい。

まあ、確かに言う通りなんだけどさあ。

転生者たちの大半は戦う力のない一般人だし。

そんなパンピーに世界の崩壊を止めろとか言っても、何もできることはないって。

どこぞの映画みたいに、落下してくる巨大隕石《いんせき》に穴あけに一般人が宇宙に飛び立つようなことはできんのだよ。

「とりあえずあなたたちが生きているうちにこの星が崩壊することはないわ。だったら気にするだけ無駄よ。そんな死んだ後のことより、あなたたちが気になるのはこのすぐ後のことでしょ？」

吸血っ子が転生者たちを見回す。

さっき山田くんと大島くんを容赦なくはっ倒したので、確認するような吸血っ子の言葉に答える人はいない。

けど、何人かの転生者は雰囲気とその態度で吸血っ子の言葉を肯定していた。

頷《うなず》いたり真剣な顔して吸血っ子のこと見てたりしてね。

「さっきも言ったとおり、このエルフの里は私たちの手で陥落したの。だからあなたたちの扱いは捕虜みたいなものと思ってちょうだい。ただし、敵兵ってわけでもないから手荒に扱うこともないわ。聞き訳がよければね」

転生者の何人かがゴクリと息を呑んだのは気のせいじゃないと思う。

そりゃねえ？

手荒なことはしないって言いつつ、ついさっき山田くんと大島くんはっ倒したばっかだし。

舌の根が乾ききらぬうちにそんなこと言われても、信用できないって。

従順にしてないと問答無用ではっ倒されるって受け取られても仕方ないと思う。

ていうか、それを狙《ねら》ってるんだろうか？

うーむ。

吸血っ子がそんな深く考えてるのかどうかわからんなー。

考えなしにとにかく思ったことをそのまま口に出してるだけな気がする。

なんせ吸血っ子だし。

「で、あなたたちの今後なんだけれど、一応あなたたちの希望に沿う形をとるつもりでいるわ。庇《ひ》護《ご》を求めるなら世話を焼くし、出ていきたいっていうのなら好きにすればいいわ。ここに残るっていうのならそれでもいいし。まあ、エルフは皆殺しにしてあるし、結界もないからここに残るのはお勧めしないけれどね」

はい、爆弾入りましたー！

ザワリと空気がざわめく。

たぶん、事前に騒ぐなっていう吸血っ子の言葉がなければ、怒号が飛び交ってたんじゃなかろうか？

ていうか、吸血っ子の抑止がよく効いたもんだと感心するくらいだわ。

エルフが全滅しているという事実を聞いた転生者たちの反応は、一様に混乱だった。

そりゃ、つい昨日《きのう》まで生きて接していた人たちが、いきなりみんな死にましたって言われたら混乱もするだろうさ。

さっきまでの私たちの口ぶりから、エルフは私たちと戦って敗れたっていうのはわかってたはず。

けど、それにしたって全滅は想像してなかっただろう。

そんでもって、転生者の大半は戦争とか戦いを知らない、平和な日本での暮らしの延長で生きてきている。

衝撃もその分大きい。

転生者たちは、あるものは青ざめ、あるものは鼻で嗤《わら》おうとして失敗したりしてる。

その混乱した様子を見かねたのか、鬼くんが吸血っ子の腕を引っ張る。

「ちょっと」

「何よ？」

「今言うことじゃないだろ？」

「今言わないでいつ言うのよ？　隠したってそのうち知ることになるんだし、早めに知っておいたほうがいいでしょ？」

吸血っ子が掴《つか》まれた腕を引き剥《は》がす。

鬼くんは反論できずになすがまま腕を引いた。

ううむ。

確かに、転生者たちの混乱具合はあれだけど、いつかは言わないといけないことなんだよね。

転生者諸君には衝撃が強いかもしれないけど、それを慮《おもんぱか》っていつまでもずるずると言わないでいるっていうのもよくないわなー。

吸血っ子の言う通り、初めの今こそ言っておいたほうがいいことなのかも。

「本当のこと、なんだな……」

吸血っ子と鬼くんのやりとりで、さっきの吸血っ子の発言が嘘《うそ》でも何でもないことだとわかったらしい。

山田くんがかすれた声でポツリとそう漏らした。

「そうよ。ああ、それ以上口は開かないでね？　あなたの主張とか聞く気ないから。あなたに言いたいことがあっても私は聞くつもりなんてないの。もしそれでも聞かせたいなら実力で私を黙らせてから聞かせてちょうだい。どうせできないでしょうけど」

辛辣《しんらつ》ー！

酷《ひど》い！

これは酷い！

山田くん歯を食いしばって泣きそうな顔してんじゃん！

もう少しオブラートに包んであげてもいいと思うんだ。

「終わったことに対してぐちぐちぐちと。うるさいったらありゃしない。文句があるなら止めればいいのに。できなかった自分の不甲斐《ふがい》なさを棚に上げて騒がないでほしいわ」

辛辣ー！

酷い！

これは酷い！

オブラートに包むどころか傷に塩塗りたくっていくスタイルー！

山田くん拳《こぶし》握り締めて震えてるじゃん！

かわいそうに。

「とりあえず、過程はどうあれエルフは滅ぼされた。あなたたちが知っていればいいのはそれだけよ。そして、あなたたちが気にすべきなのはこの後の自分の生活だけ。ここで過ごしたあれこれだとか、責任だなんだ、正義がどうだとか、そんなことはこっちの知ったことじゃないの。あなたたちの中で勝手にやってちょうだい」

バッサリと切り捨て、吸血っ子は山田くんから視線を逸《そ》らした。

もう見る価値もないと言わんばかりに。

「この里にはもう人手がない。そのうえ、これまで里を守っていた結界もないから、魔物が入って来放題。そんなないないづくしの場所でも、愛着があるから残りたいっていう奇特な人がいるなら、その思いを尊重するわ。残りたい？」

吸血っ子の言葉に、何人かの転生者がブルブルと頭を横に振る。

まあ、そりゃそうだ。

「残りたくないっていうのなら、里の外、というかこの森の外にちゃんと連れ出してあげるわ。それから先はさっきも言ったように個々の希望を聞いてからね。なるべく希望通りにしてあげるわ。とは言っても、こっちのできる範囲でっていう話だけれど」

うむ。

一応最低限の生活の保障くらいはできると思う。

豪邸で遊び暮らしたい！

とか言われたらはっ倒すけど。

無理難題を吹っ掛けられない限りは、希望を叶《かな》えようと思う。

神言教の力を借りればそう難しくはないっしょ。

「あ、そうだ。帰りたいなら地球に帰ればいいいんじゃない？」

ん？

は？

「帰れるの⁉」

さっきは声を出すことを我慢した工藤さんが、思わずといった感じで叫びながら立ち上がる。

「できるでしょ？」

吸血っ子がこっちを振り返りながら確認してくる。

え？

イヤ。

ムリだけど？

そう言いたいのに、期待に満ちた転生者たちの視線が、私に思いっきり刺さりまくっていた。

吸血っ子ー。

いらん爆弾を落とすなよ！

吸血っ子の落とした特大の爆弾のせいで、転生者たちは大騒ぎだ。

吸血っ子の脅しも効果がないくらい、みんなザワザワとしている。

地球に帰れるかもしれないというのは、それだけ衝撃的だったんだろう。

けど、残念ながらそれはできない。

たしかに、私は前に吸血っ子に地球に帰るかということを聞いた。

でも、それは全《すべ》てが終わってからの話としてだ。

システムが崩壊したあとの話。

システムが健在の現在の話ではない。

転生者たちは地球に帰ることはできない。

なぜならば、n％I＝Wのスキルがあるから。

初めは謎だったこのスキル、その効果は転生者をこの世界のシステムに紐《ひも》づけるというもの。

転生者はもともとこの星の住人ではない。

本来ならば特殊なこの星のシステムの影響はなく、通常の輪廻《りんね》の輪に戻るはずだった死者。

その魂を無理矢理システムの中に押し込み、第二の生を与えた。

それが転生者。

そして、転生者の魂をシステムに括《くく》りつけているのが、n%I=Wのスキル。

このスキルがあるから、転生者はよそ者であるにもかかわらず、スキルやステータスといったシステムの恩恵を受けることができる。

それと同時に、完全にシステムに馴染《なじ》み切らないように制御しているのも、このスキルだ。

転生者は死ねば、元々のこの星の住人とは違い、通常の輪廻の輪に戻るようになっている。

システムに馴染み切ってしまうと、この星で延々転生し続ける無間地獄に捕らわれちゃうからね。

そうならないように、n%I=Wのスキルは転生者にシステムの恩恵を与えつつも、完全にシステムに取り込まれないように管理しているというわけ。

転生者はあくまでも、システムにとって、この世界にとって一時的な客人なのだ。

とまあ、転生者にとって超大事なn%I=Wのスキルだけど、今回の場合そのスキルが邪魔となる。

スキルとは、魂に付随したもの。

そして、そのスキルの中でも転生者にとって特に重要なn%I=Wのスキルは、ガッチリと魂にホールドしている。

そしてそして、n%I=Wのスキルは転生者とシステムとをつなぐ架け橋。

つまり、システムと繋《つな》がっている。

これを切断することはできない。

つまりつまり、転生者をシステムのあるこの星から連れ出すことはできないのだ。

システムが崩壊すれば、そんなしがらみはなくなる。

だから、終わった後の話として私は吸血っ子と鬼くんに地球に帰りたいかどうか聞いた。

それを吸血っ子は拡大解釈して、今すぐにでも帰れるんだと勘違いしたっぽい。

実際、私は既にスキルの影響下にないので、地球との行き来もできる。

けど、それはスキルのない私だからできることであって、転生者を連れ出すにはシステムを崩壊させるか、私と同じようにスキルをなくしてもらわなければならない。

一応、スキルをなくすスキルというものは存在する。

スキルの力を捧《ささ》げる方法が。

しかし、夏目くんが先生にその方法を応用してスキルを奪われた時も、n%I=Wのスキルだけは残った。

それだけn%I=Wが重要であり、切り離しが難しいってことでもある。

まあ、システムの影響を伝えるための端末なんだから、システムの内側の力で切り離すのは不可能だろうね。

となると、それを切り離す方法は、私と同じく神になるしかない。

何そのムリゲー。

ないわー。

じゃあ、私の力でn%I=Wを切り離せないかというと、ムーリー。

だってあのDの作ったものでっせ？

私ごときがどうにかできるわけないじゃん。

魂に関するあれこれは凄《すご》い高度な技術が必要なんだよ。

神様歴たかだか十数年のぺーぺーがどうにかできるものじゃない。

ムリして手を出したら、魂ごとアボンさせちゃいそうで怖いもん。

ということで、結論、帰るのはムリです。

なんだけど、さて、それをどうやって説明するか。

あ、イヤ、別に詳しい原理を説明しなきゃいけないってことはないんだし、ムリって一言言えばいいだけなんだけどさあ。

工藤さんはじめ、転生者の何人かはものすごい期待に満ちた目でこっち見てるし。

この空気の中ムリですって言わなあかんのか。

「本当に、帰れるの？」

工藤さんが感極まったみたいに涙ぐむ。

あー。

うわー。

うん、まあ、地球に未練があるなら帰りたいよね。

それに、エルフの里で軟禁生活送っていた彼らにしてみれば、辛い生活から、郷愁の念が強くなってもしょうがないやね。

この空気で否定しなきゃいけない私の気持ちも考えろ！

くそう！

吸血っ子め！

余計な爆弾を落としやがって！

言いよどむ私の様子にいち早く気づいたのは、吸血っ子と鬼くんの二人。

吸血っ子は「あら？」って感じで首を傾《かし》げ、鬼くんのほうは私の態度を見ていろいろ察したのか、目を泳がせている。

二人とも、私の微《かす》かな動揺を感じ取って、できないということを悟ったようだ。

そして、そんな二人の様子から、徐々に他の転生者たちも様子がおかしいことに気づいていく。

帰れるという希望に満ちた驚愕《きょうがく》が、だんだんと不安で満ちていく。

一番喜びをあらわにしていた工藤さんなんかは、すがるかのような視線で私を見つめている。

あー。

吸血っ子は、ホントに余計な爆弾を落としてくれやがったよ。

だって、初めから帰れるなんて希望を持たせなければ、そんなこと考えもしなかったはずだもん。

初めから希望がなければ、失望もまたない。

変に希望を持っちゃうから、それが幻だとわかった時の失望は大きくなる。

「ムリです」

私は意を決してその一言を口にした。

その直後、何とも言えない空気が発生する。

吸血っ子が何かを言おうと口を開きかけたところで、私は邪眼を発動させて強制的に静止させる。

たぶん、「え？　前は帰れるって言ってたじゃん」とかそんなことを口走ろうとしてたんだろうけど、これ以上余計なことを言わないでほしい。

たしかに、システム崩壊後ならば、帰れないこともない。

けど、私はシステムが崩壊した後のことまで面倒を見るつもりはない。

Dとの契約もそこまでは含まれていないのだから。

それに、システム崩壊後に私がそれをできるかどうかは、保証できない。

吸血っ子と鬼くんの二人ぐらいならば、事前に準備をしていれば何とかなるかもしれないと思ったから、前はそう提案した。

けど、転生者全《すべ》てに対してそんな準備をしている暇もエネルギーもない。

できて二、三人。

今、それをバカ正直に告げたら？

その席の奪い合いが発生するに決まっている。

全員を帰すことが不可能ならば、全員を残したほうがいい。

少なくとも、それなら席の奪い合いで争うことも、不平等による怨嗟《えんさ》もない。

痛いほどの静寂。

その中で、工藤さんがストンと席に座りなおした。

座ったというよりかは、力が抜けて倒れこんだ先に椅子があったというほうが正しい気がする。

それくらい、工藤さんの表情は力の抜けたものだった。

そのまま何も言えず、うなだれる。

工藤さんの他にも、失望を隠しきれない顔をした人が何人もいた。

ごめん。

余計な希望を持たせて。

さすがの吸血っ子も、この空気は居心地《いごこち》が悪かったのか、気まずげな表情をしていた。

それを見て、私は吸血っ子にかけていた邪眼を解除する。

「今日は、これくらいにしておきましょう」

私はそう言って立ち上がった。

これ以上説明会を続ける空気じゃなくなってしまった。

転生者たちにも少し考える時間が必要だろう。

私は凍りついた空気から逃れるように、足早に外へと向かった。

吸血っ子と鬼くんが慌てたように私の後に続いた。

去ろうとする私たちを誰一人として止めようとはせず、私たちはツリーハウスの外に出る。

閉まる扉が、私たちと転生者たちとを隔てた。

Shinobu Kusama
草間忍

本名サジン。サジンという今世の名前を持つが、転生者たちからは前世の草間忍の名前で呼ばれているので本名の影が薄い。神言教暗部の幹部の息子として生を受けた転生者。その出自から教皇と早い段階で接触し、教皇に転生者の存在を知らせることとなった。また、本人も暗部に所属し、教皇の助けとなっている。

ユニークスキルは忍者。本人の性格から忍んでない忍者と揶揄されているが、その能力の高さは暗部の中でも突出している。ちなみにこのユニークスキルだが、D は草を生やすスキルとどちらにするか最後まで悩んでいたとか。

S3　不幸自慢なんて意味がない

若葉さんたちが出ていった後の部屋の空気は、最悪と言うより他になかった。

いつもはみんなをまとめているのだろう工藤さんが、地球には帰れないという若葉さんの言葉にうなだれてしまっている。

俺はこの里での生活の様子を知らない。

けど、これまでの雰囲気から、工藤さんが中心になって、何とかやりくりしていたんだろうと予想できる。

その中心人物の心が、折れかけている。

先の見えない不安な状況で、頼るべき中心人物が沈んでしまっているということが、余計にみんなの心に重い影を落としているようだった。

日本に帰りたい。

それは、転生者であればきっと誰もが一度は考えたことだと思う。

俺だってそう思ったことは何度もある。

この世界の文明は日本とは比べ物にならないくらい遅れていて、不便を感じることは多々あった。

何より、死に別れた家族と会いたい。

そしてつい思ってしまうんだ。

日本に帰れたらなあ、と。

大国の王子という、恵まれた境遇にいた俺でさえそう思ったんだ。

俺以外のみんなはもっと強烈な思いを抱えていたはずだ。

工藤さんの様子が、それを如実に物語っている。

このエルフの里に監禁されて、自由の全くない生活を送って。

そんなみんなが、日本に帰りたいと思うのは当然のことなのかもしれない。

「シノー」

沈黙を破り、フェイが低い声で縛られた草間を呼んだ。

そういえばフェイは草間のことをシノーと呼び、よくパシリに使っていたのを思い出す。

が、その時の親しみのある呼びかけとは違う、敵意さえ感じさせる声音。

「な、何?」

「本当に日本に帰る方法はないわけ?」

その問いかけに、工藤さんがハッとしたように顔を上げた。

「さっきの連中の態度、おかしくない？　絶対何か隠してるでしょ？　それに、本当に帰る方法がないんだったら、あんな話そもそもふってこないでしょ」

確信に満ちたフェイの言葉に、その場にいた全員の視線が草間に集中する。

草間はそのみんなの剣幕に怯《おび》えるように、身じろぎし、一緒に縛られているオギがそれで嫌そうな顔をした。

「知らない！　俺は知らない！　ホント！　マジ！　俺はホント何も知らないって！」

草間は必死に弁解する。

その様子は嘘《うそ》を言っているようには見えない。

しかし、一縷《いちる》の望みを捨てきれなかったのか、工藤さんが草間に駆け寄り、その肩を掴《つか》んで揺すった。

「ねえ、知ってることがあったら教えて！　お願い！」

「ホントに知らないいんだってば！　俺だって帰れるんだったら帰って続きのコミック読みてーよ！」

しょうもない理由で日本に帰りたいと宣言する草間だが、その口調は切実だ。

帰りたい理由のためにというよりかは、迫る工藤さんの迫力に押されてといった感じだが。

「落ち着けよ委員長。草間は知らないって言ってるじゃねーか。ちょっと冷静になろうぜ？」

とりなすように田川が工藤さんをやんわりと草間から引き離す。

「あなたは外にいたからわからないでしょうね！　私たちがどんな気持ちでここで暮らしてきたか！　自分だけ楽しく冒険なんかしてたあなたには！」

俺の知る工藤さんでは考えられない、声を荒らげての罵倒《ばとう》。

「あ？」

しかし、それは田川の逆鱗《げきりん》に触れたようだった。

「楽しく冒険？　親兄弟皆殺しにされて、その敵討ちのために血反吐はいて戦い続けてきたのを、楽しい冒険だと⁉」

まずい！

「田川！　抑えろ！」

俺はとっさに田川に駆け寄り、背後から羽交い締めにした。

そうしなければ、工藤さんに殴りかかりそうな勢いだったからだ。

いつの間にか縄から抜け出した草間も、工藤さんを守るように前に出ている。

「あ……」

その草間の後ろで、工藤さんは田川の威圧にあてられて、青い顔をしながらへたり込んだ。

その顔色の悪さは、きっと威圧にあてられただけではないと思う。

「……悪い。頭に血が上った。もう大丈夫だ。放してくれ」

怒りで乱れた呼吸を整え、田川は落ち着きを取り戻したようだった。

俺はその言葉を信じ、羽交い締めにしていた腕を解く。

田川は工藤さんを一瞥《いちべつ》すると、無言で踵《きびす》を返し、階段を上って部屋を出ていってしまった。

「あ……。ごめんなさい……」

小さく、もういない田川に向けて謝罪の言葉を口にする工藤さん。

床に座り込んだまま立ち上がることもせず、そのままうつむいてしまう。

その体が震え、すすり泣く声が聞こえてきた。

また、重い空気が充満する。

さっきのは、工藤さんが悪いと思う。

俺も知らなかったが、田川がそんな境遇で戦い続けていたのを知らず、無神経にもそれに触れてしまったのだから。

田川の言葉に衝撃を受けたのは工藤さんだけではなく、冒険に憧《あこが》れるようなことを口にしていた男子たちも、気まずげにしていた。

知らなかったとはいえ、田川の逆鱗に不用意に触れてしまった工藤さんが悪い。

とは言え、責める気にはなれない。

「どっちがよかったとか、そういう話をしても意味がない、か」

思わず、さっき京也が言った言葉が口から洩《も》れた。

あの時はその後に続いた言葉に反発してしまったが、この部分はその通りなのかもしれない。

みんなそれぞれに、別々の道を歩んできたんだ。

そこには別々の苦楽があって当然だ。

不幸自慢をしたって、しょうがない。

どうあっても、過去は変えられないのだから。

過去じゃなく、未来に目を向けなければならない。

「委員長。俺たちは、もう一度死んでるんだ」

俺たちは一度死んで、この世界に生まれ変わった。

その過去は変わらない。

「死んでるんだ。今ここにいる俺たちは、たとえ前世の記憶を持っていたとしても、同じじゃないんだ。生まれ変わってる。変わってるんだ」

委員長は泣きはらした顔をこちらに向ける。

その視線には、何を今さらわかりきったことを言っているんだという戸惑いと、若干の苛立《いらだ》ちが含まれている。

「たとえ日本に戻れたとしても、俺たちは別人で、帰る場所なんてないんだよ」

委員長が息を呑《の》んだ。

委員長だって、頭ではわかっていたはずだ。

ただ、認めたくないだけで。

俺たちの容姿は前世とは似ても似つかない。

中にはカティアのように性別すら変わってしまった人間だっているんだ。

もはや、別人だ。

この姿で日本に行っても、帰る場所はない。

俺たちはもう、この世界の住人なのだから。

「これからのことを考えよう。自分がどうしたいのか。どうすればいいのか」

言っていて、俺は自分に何ができるのだろうかと、疑問に思う。

俺は結局、何もできなかった。

ユリウス兄様の後を継ぐというのも、今となってはどうすればいいのかわからなくなってしまった。

これから俺は、いったいどうすればいいのだろう?

「ハッ！　さすが勇者様は言うことが違うな」

思考の渦にのまれそうになったその時、扉を開けてこの家に踏み入ってきた男がいた。

「ユーゴー……」

そいつは、帝国軍を率いてこのエルフの里に攻め込んだ張本人だった。

「その名前で俺を呼ぶんじゃねえよ。俺の名前は、夏目健吾《けんご》だ」

その男、ユーゴー、いや、夏目は不機嫌さを隠そうともせずにずんずんと歩いてきて、さっきまで田川が座っていた椅子にどっかりと腰かけた。

「夏目、あんた何しに来たわけ？」

俺が夏目に対してどう切り出せばいいのか逡巡《しゅんじゅん》しているうちに、フェイが敵意をむき出しにしてそう聞いた。

「おいおい。少しは歓迎しろよ」

「どの口がほざくんだか」

フェイが言いながら夏目の背後に陣取る。

夏目が下手《へた》な動きをすれば即座に制圧するためだろう。

「いいじゃねえか。こうしてわざわざ笑われに来てやったんだからよ」

その物言いに違和感を覚えた。

フェイも俺と同じらしく、訝《いぶか》しげに夏目のことを見ている。

そこで俺は初めて、夏目の目がどんよりと虚ろになっていることに気づいた。

いつでも夏目の目はギラギラとしていたのに、こんな様子は初めて見る。

「笑えよ。体よく利用された挙句に、イキってたくせにてめえにボコボコにされた間抜けだぜ？」

そうやけっぱちに自嘲《じちょう》する夏目。

その姿に俺は困惑しきりだった。

今までの夏目らしくない。

「……あんた、どうしたの？」

フェイもその夏目の態度に思うところがあるのか、訝しげにしている。

「……どーでもよくなっちまってな」

夏目は疲れたようにそう言った。

「いや、最初っからどーでもよかったんだ。山田、お前はさっき俺たちは一度死んでるって言ったよな？」

「ああ」

聞いていたのか。

「その通りだよ。俺らは死人だ。そんでもってお前はそれを受け入れて第二の人生を歩み始めた。俺はそれを受け入れられずに腐った。ただそれだけのことだ」

唖然《あぜん》とした。

あの夏目の口から、自分は腐ったなんて言葉を聞く日が来るとは。

いや、だって、夏目はいつだって高圧的で、他人を見下すような目をしていたじゃないか。

そしてその分いつも自信過剰で、自分のやることなすことすべて正しいみたいな、そんな身勝手な奴《やつ》だったじゃないか。

それが、なんだってまた……。

「夏目、じゃあ、あんた、まさか今までのは全部やけになってやったとでも言うつもり？」

「まさにその通りだ」

俺が困惑してるうちに、前世で俺よりも夏目と縁があったフェイがその心のうちを暴く。

嘘《うそ》、だろ？　やけになっていた？

信じられないという気持ちと、どこか腑《ふ》に落ちた気持ち、相反する思いが胸に去来する。

腑に落ちたのは、今世のユーゴーと前世の夏目があまりにも違うからだ。

前世の夏目はいわゆる陽キャで、多少空気が読めないところはあったが悪いやつではなかった。

俺は前世の頃《ころ》から夏目のことを苦手にしていたが、それは夏目が悪いやつだったからではなく、その陽キャ特有のグイグイ来る感じが合わなかったからだ。

ぶっちゃけ、俺が夏目に一方的な苦手意識を持っていただけだ。

その夏目が、今世では立派な暴君になっていた。

前世の頃にも多少人の意見を聞かずに突っ走る感じはあったが、今世ほど酷《ひど》くはなかった。

ましてや、人のことを本気で殺しにかかってくるような、そんな奴じゃなかったのは確かだ。

転生して変わった。

それは確執が決定的となる前から感じていたことだ。

だから、その変化に何かしらの理由があると考えるのは自然なことなのかもしれない。

が、その理由がやけになったからだというのは、信じがたいし納得ができなかった。

だってそうだろう？

俺は夏目に殺されかけた。

さらにはその力でカティアやスー、ユーリを洗脳し、俺の父である国王を殺して王国に混乱をもたらした。

ここに俺たちが来たのも、夏目が帝国軍を率いてこのエルフの里に攻め込むという情報を得たからだ。

それについては夏目も魔族軍に利用されていただけのようだが、それにしたってやったことが悪《あく》辣《らつ》すぎる。

それなのに、その理由がやけになったから？

「ふざけて、いるのか……！」

そんな、そんなくだらない理由で、父上は殺されたのか⁉

洗脳されて父上を撃ってしまったスーは。

同じく洗脳されて帝国軍とともにエルフの里に攻め込んできたユーリは。

それ以外にも、いったいどれだけの人間の気持ちを踏みにじってきたと思っている？

一体どれだけの犠牲者が出たと思っている⁉

その理由が、やけになったからだなんて、そんなの納得できるわけがないだろう⁉

カッとなって殴りかかりそうになるものの、さっきまでの京也や田川とのやり取りを思い出してすんでのところで自分自身を抑え込んだ。

京也にご高説を垂れて、激昂《げきこう》した田川を押さえつけたくせに、ここで俺が手を出すのは間違ってると思ったからだ。

大きく息を吐きだして、それと一緒に怒りも抜いていく。

「なんだ、かかってこないのかよ？　とんだ腰抜けだな」

「……言っておくが、俺はお前を許したわけじゃない。犯した罪の分だけ、必ず罰を受けて償ってもらう。俺が今ここで殴ってもそれは罰にはならない。俺の気が晴れるだけだ」

「ならいいじゃねえか。それで気が晴れるんならやれよ」

……本当に、夏目はもう、いろいろとどうでもよくなってるんだな。

前の夏目なら、自分のことを殴ればいいなんて口が裂けても言わなかっただろう。

「いいや。やらない」

ここで夏目を私刑にしたら、京也に言い放った言葉の数々を自ら否定することになる。

「クックック。甘ちゃんだな、おい」

こちらを見てにやりと笑う夏目に対して殺意に近い怒りがわいてくるが、ここは我慢だ。

「まあいいぜ。てめえの言う通りにしてやる。どんな罰だろうと受けてやるよ」

言葉だけ聞けば殊勝だが、反省したからという理由ではないだろう。

本当に夏目はどうでもいいと思っているのだ。

たぶん、生きることさえも。

俺が殺すと言えば、それすらも受け入れてしまいそうだった。

「……ねえ、もしかしてなんだけどさ、あんた自身も洗脳されてたんじゃないの？」

俺が夏目のことを憎々しげに見つめていると、フェイがそんなことを言いだした。

フェイは何を言ってるんだ？

洗脳は夏目の嫉妬《しっと》のスキルの専売特許みたいなところがある。

その夏目が洗脳を受けていた？

俺が夏目のステータスを確認した時にもそんな状態異常は受けていなかったし、ちょっと考えにくい。

「あたし見ちゃったんだよね。昨日《きのう》の戦いの時にさ、若葉のやつが夏目の頭掴《つか》んだ時に、夏目の耳からちっちゃい蜘蛛《くも》みたいなのが出てくるところ」

それを聞いてちょっとゾワッとした。

言われた夏目も自分の耳に手を当てて、少し顔色を悪くしている。

「あ、ああ。たぶんそうなんだろう。耳？　マジかよ。いじくられてたのは自覚してたが、耳って……。物理的に中に入ってたのかよ。おい……」

そう言って夏目は耳に指を入れてほじくっている。

そんなことをしたところで耳の奥に何かいても取り出せないと思うが、思わずそうしてしまったんだろう。

気持ちはわからなくもない。

俺も耳の中に何かが入り込んでると聞いたら、無駄とわかってても同じことをしただろうし。

だが、そうなると、夏目の今までの行動は、操られてやらされていたということなんだろうか？

だとすると……。

「言っておくが、操られてたからって同情なんてすんじゃねえぞ？」

「いや、だが……」

「最初にてめえを殺そうとしたのは操られる前だ。んでもって操られてからだって俺はてめえのことを自分の意思でぶち殺そうと思ってた。そこに偽りはねえ」

そう言われたことに、自分でも驚くくらい予想以上にショックを受けていた。

俺は、操られていたとか関係なく、元クラスメイトにここまで殺意を抱かれていたのかと。

「じゃああんたはやけになってたからっていう身勝手な理由で暴れてたわけね？」

「そういうこった」

「で、今さらその責任を認めるような感じでこうやって言い出したのは、洗脳が解けて何もかもがどうでもよくなったから？」

「そうだって言ってんだろ？」

「ふーん。なるほどなるほど」

そう言ってフェイは後ろから夏目の両肩に手を置き、夏目の体を反転させる。

そして、

「ふんっ！」

「おごっ⁉」

腹をぶん殴った。

夏目は殴られた腹を押さえながら椅子から転げ落ちる。

「ふー。スッキリした！」

俺が我慢してたのは何だったのか……。

フェイは関係ないとばかりに私刑を執行しやがった。

「お、おい」

「いいじゃんいいじゃん。本人だって殴ればいいって言ってんだからさ。これも罰の一環ってやつよ」

これまで不機嫌そうな表情ばかりしていたフェイの、今日一番の笑顔を見た。

「決めた。あんたは死ぬまで一生あたしらの奴隷《どれい》ね。何をされても文句は言わないこと。ＯＫ？」

「おいおい……」

すごいこと言いだしたぞこいつ。

「……ああ、いいぜ」

そして夏目もそれを了承するのか。

……もしかしたら、夏目自身も、少しくらいは俺たちに対する罪悪感があるのかもしれない。

「ユーリもそれでいい？」

「え？」

フェイの言葉につられて振り向くと、そこにはユーリが魔族軍の白装束の少女に付き添われて歩いてきていた。

気づかなかった。

夏目が登場した時もそうだが、どうにも周りへの警戒感というかそういうものが疎かになっている。

「はい、ええ、はい。正直もっともっと惨たらしい罰のほうがいいけど、死んだほうがマシと思えるくらいのことをじわじわと毎日毎日味わわせれば……。ふふ、ふふふふ！」

「ユ、ユーリ？　大丈夫か？」

「ええ大丈夫。大丈夫よ？　大丈夫」

口は弧を描いているが、目が笑っていない。

「とりあえず一発殴っとく？」

フェイが床にはいつくばっていた夏目を無理やり椅子に座らせ、ユーリに提案してくる。

「うん」

それに即答しつつ、ていうか言いながらすでに夏目の懐に飛び込み、腹を打ち据えていた。

「おごっ⁉」

再び椅子から崩れ落ちる夏目。

やったことを思えばこの程度はぬるい罰になるんだが、それでも前世のクラスメイトたちが見つめる中で公開処刑されているのは、なかなかに肉体的にも精神的にも来るものがあるんじゃなかろうか。

「カティアもやっとく？」

「いや、俺は遠慮しておく……」

ちょっと引き気味にカティアが拒否。

カティアも夏目に洗脳されていた被害者の一人なわけだから、ここで制裁を加える権利はある。が、さすがにこの惨状を目にしてさらなる追い打ちをかける気にはならなかったようだ。

夏目、口から血が出てるしな……。

夏目のステータスでこのダメージを受けたってことは、フェイもユーリも結構容赦なく全力で叩《たた》きこんだんだろう。

暴力とは無縁で生きてきたエルフの里に監禁されていた転生者のみんなは引いている。

それでもこの惨状に何も言わないのは、夏目がやらかしたことを俺が前もって話していたおかげだろう。

男子は夏目と仲が良かったはずだが、俺たちの行動を黙認してくれている。

そこまで考えて、俺はさっきまで自分の意見を押し付けて、若葉さんたちを責め立てていたのだと自覚した。

根岸さん、今はソフィアと言ったか、彼女が疎ましげに俺を黙らせたのも理解できる。

俺は、ダメだな。

いろいろと、ダメダメすぎる。

あれ以上感情的になる前に、考える時間をくれるために、今日の話し合いを切り上げてくれた若葉さんに感謝すべきだな。

「あとはスーちゃんの分もとっておかなきゃ」

フェイの明るい声で、俺は夏目にスーのことを聞かなければならないことを思い出した。

スーはこのエルフの里に帝国軍と一緒に来ていないようだった。

今スーがどうしているのか、夏目に確認しなければ。

「夏目、スーはどこにいるんだ？　今どうしてる？」

「ああ、あいつか」

夏目は苦しそうにしながらも立ち上がり、椅子に座り直す。

「だがあいつは若葉どもの仲間だぜ？　洗脳されたわけじゃなくて自ら進んで連中に協力してたはずだ」

「ハア？」

「聞き捨てならないな」

フェイが不機嫌そうに眉根《まゆね》を寄せ、俺も不快感をあらわに夏目を睨《にら》みつけた。

父上を撃った際、スーのステータスにははっきりと夏目に洗脳されている状態異常が載っていた。

それを今さら言い逃れするつもりか？

「本当だって。俺があいつを洗脳したのは国王を撃たせた時だけだ。その後解除もしてる」

「……どういうことだ？」

「だから言ってんだろ？　てめえの妹は進んで連中に協力してるんだってよ。国王を殺す時に洗脳したのは、さすがに父親殺しはそうでもしないとやれねーだろって若葉に俺が命じられたからやっただけ。その時以外はマジで洗脳はしてねえ」

俺はカティアやフェイと顔を見合わせる。

カティアもフェイも困惑していた。

夏目がこの期に及んで嘘《うそ》を吐《つ》くか？

その必要があるかどうかは脇《わき》に置いておいて、夏目の様子からは嘘を吐いている雰囲気はない。

事実をそのまま語っているように感じられる。

「夏目と同じで、若葉さんに直接洗脳されてる？」

カティアがありえそうな案を出す。

「そこんとこどうなの？」

「さあな。俺だって自分が洗脳されてたのなんざ、解除されてから知ったんだ。あいつが洗脳されてても俺には知る由もねえ」

「それもそうか」

「だがたぶん洗脳はされてねえと思うぜ？」

「どうして？」

「さっきは進んで協力してるっつったが、正確には脅されて嫌々って感じだったからな」

「脅されて？」

その夏目の言葉に驚く。

若葉さんたちはスーを脅して協力させていたのか？

「そうそう。てめえの命がどうなってもいいのか、ってな」

俺を指さしながらそう言う夏目。

「俺？」

「ああ。もうずっと前からてめえは若葉たちにマークされてたんだよ」

「なんで……？」

思わず疑問に思ってしまった。

だが、言われてみれば腑《ふ》に落ちる部分もある。

学園に通っていたころからスーの様子がおかしいと感じていたし、夏目を使った王国転覆や神言教との連携など、大きな動きはここ最近に集約されているが、前準備に長年かけていてもおかしくはない。

それどころか、前準備に長年かけなければ計算が合わないくらいだ。

だが、そうとわかっても若葉さんたちが俺をマークしていた理由がわからない。

俺が勇者だからか？

いや、俺が勇者になったのはそれこそつい最近のことだ。

それ以前から若葉さんたちが動いていたんじゃないかと思うと、当時はユリウス兄様がまだ存命のはず。

……もしかして、ユリウス兄様の弟だからか？

ユリウス兄様への対抗策の一つとして、人質などを視野に俺をマークしていた？

ならば、それを盾にしてスーを脅していた？

……筋は通るが、憶測でしかない。

真相を知るためには、スーに聞くか、若葉さんたちに直接聞くしかない。

「なんにせよ、スーは無事なのか？」

とりあえず問題を棚上げして、スーの安否だけ確認しておく。

「ああ。俺はてっきりここまでついてくんのかと思ってたが、直前でどっかに行かされてた。どこに行かされたのかは知らねえ」

俺はユーリに視線を向けた。

ユーリもまた夏目同様途中まではスーと行動を共にしていたはずだからだ。

「ごめん。あたしもスーちゃんがどこに行ったかは……」

「そうか……」

スーの行き先もまた、若葉さんたちに聞かなければならないな。

「まだまだ、若葉さんたちに聞かなきゃならないことは多そうだな」

「そうだな。もっと話し合わないとだな」

「話し合い、ねえ……」

俺とカティアが頷《うなず》き合っていると夏目が意味深に呟《つぶや》いた。

俺たちを見つめる夏目はどこか呆《あき》れているようだった。

「なんだ？」

「いやなに。俺はこんな甘ちゃんどもに負けたんだなって思っただけだ」

「ふんっ！」

「ぐっ⁉」

夏目が言った次の瞬間にはフェイの拳《こぶし》がその頭に振り下ろされていた。

今度は多少手加減したのか、夏目が椅子から転げ落ちることはなかったが。

「生意気な口きかないでくれるー？」

フェイの見下したような視線を受けながらも、夏目は文句を言わなかった。

罰として受け入れるという言は本気なんだなと、その態度でわかる。

「どういう意味なんだ？」

改めて俺は夏目に問いただす。

「……てめえらまさかこれで終わったなんて思ってねえだろうな？」

「どういう意味なんだ？」

夏目の言い分にさっきと同じ言葉を返してしまう。

「若葉たちのことだ」

どこか気だるげだった夏目が、真剣なまなざしで俺のことをまっすぐに見つめてくる。

「わかってねえのか？　それとも目ぇ逸《そ》らしてんのか？　てめえは勇者で、若葉たちは魔族軍だぞ？」

それ、は……。

言葉に詰まる。

夏目に目を逸らしていると言われても、しょうがないことなのかもしれない。

魔族は人族の敵だ。

そして、若葉さんはユリウス兄様の仇《かたき》でもある。

「連中がエルフを滅ぼしただけで、はい撤収っつって魔族領まで帰ってくれると思うか？」

誰《だれ》も夏目に言い返すことができず、シンと静まり返る。

「あいつらが何をしようとしてんのか、しょせん捨て駒だった俺には知らされてない。だが、なにかをしようとしてるってのだけは確かだ。その証拠に、七大罪スキルと七美徳スキルの所持者を集めてやがったからな。正確にはキーとやらが必要らしい。俺もそのキーとやらを奴らに渡している」

「キー？」

「ああ。言っとくがそれをどう使うのかは知らねえぞ？　だが、わかったと思うが連中はこの世界のことを深く知っている。俺らが知らねえことも知ってるんだろうよ」

それはその通りだ。

禁忌のことだって、俺は今日その正体をようやく知ったところなのだから。

そうだ、禁忌についてここで明かしておこう。

……ユーリの反応が若干怖いところだが。

「それについてなんだが、たぶん若葉さんたちの情報源は、禁忌のスキルだ」

「禁忌？」

やはりというか真っ先に俺の言葉に反応したのはユーリだ。

神言教では禁忌のスキルを持つものを問答無用で処刑してきたからな。

けど、その理由を俺は禁忌をカンストしたことで知った。

「実は、俺は禁忌のスキルをカンストさせた。慈悲のスキルのデメリットが、使うごとに禁忌のスキルレベルが上昇するってものだったから」

クワッとユーリの目が見開かれる。

「その禁忌のスキルの内容は、情報の開示だった。この世界の成り立ちの」

俺はユーリを手で制しながら言葉を続ける。

「情報開示？」

「ああ。若葉さんの言葉を裏付けるような、な」

肯定すると、カティアは納得するかのように頷いた。

「だが、それならなんで神言教は禁忌のスキル保持者を処刑して回ってたんだ？」

カティアはユーリを見ながら疑問を口にする。

「それは……」

言ってもいいものだろうか？

一瞬悩んだが、どうせ若葉さんたちに聞けば判明してしまうことだ。

「この世界が滅びかけているのは、エルフのせいだけじゃない。むしろ、この世界に住んでた人たちのせいなんだ」

そこから俺は禁忌によって知りえた情報を語った。

この世界の人々がMAエネルギーと呼ばれるものを浪費したせいで、世界が滅びかけたこと。

その代償として、この世界の人々はずっと同じ世界で転生し続け、生前に鍛えたスキルやステータスの力を回収され、それを星の再生に回されていること。

「なるほど。だから神言教は禁忌のスキル保持者を……」

「この世界の人々にとっては自らの罪を突きつけられるようなもんだからな。この事実を広めないようにそういう措置にしたんだろう」

「ということは、やっぱり神言教もその禁忌の内容を知っていて、若葉さんたちに協力したってことか？」

「だろうな。夏目。神言教に対してお前は洗脳の力を使ったか？」

「いいや」

「決まり、だな。そうなんだな？」

俺は縛られている草間とオギを見つめる。

「あー、まあ、そういう感じ？」

草間は観念したように肯定した。

「え？　え？　え？」

ユーリは俺たちの話を聞き頭を抱えている。

今まで信じてきた神言教。

その教義や理念がひっくり返され、混乱してるんだろう。

神言教に傾倒していたユーリにとって、今の話は受け入れがたいものだったかもしれない。

夏目の洗脳が解けた直後の、精神的にも不安定になっているだろうこのタイミングで明かすべきではなかったか。

「今日のところはここまでにしておこう。俺も、みんなも、考えを整理する時間が欲しいと思う」

ユーリだけでなく、工藤さんや他のみんなだって、いろいろと考える時間は欲しいだろう。

気持ちの整理をつける時間が。

「明日以降、若葉さんたちから続きを聞こう。若葉さんたちが今後どうするのか。それに乗るにしろ反るにしろ、話を聞かないことには始まらない」

若葉さんたちがどう行動するのか、それはわからない。

夏目すら洗脳されていた件も含め、若葉さんたちは手段を選ばない印象が強い。

そうまでして成し遂げようとしていることは、いったい何なのか？

それを知る必要がある。

その目的と、そして手段も。

エルフたちを滅ぼした理由は理解できるものだった。

けど、その手段は帝国軍の犠牲の上に成り立っている。

それだけじゃなく、その前には国王である父上が殺され、今なお王国は内乱状態になっている。

さらにその前には、魔族の大攻勢により多くの犠牲者が出た。

ユリウス兄様も……。

若葉さんたちの動きは、伴う被害があまりにも大きい。

今後も被害を拡大させるような動きをするのならば……。

たとえその目的が崇高なものであったのだとしても、俺は……。

だが、俺に何ができるって言うんだ？

『贖《あがな》え』

ずっと頭の中で反響している呪詛《じゅそ》の声が大きくなったような気がした。

弱気になると、意識が引きずられそうになる。

『贖え』

うるさい！

何を、何を贖えというのか。

俺が、俺たちが、いったい何をしたって言うんだ！

「シュン？」

俺の異変を感じ取ったのか、カティアが心配そうに声をかけてくる。

「何でもない。ただちょっと、俺もこれからどうすればいいのか、考えていた」

嘘《うそ》は言っていない。

実際、これからどうすればいいのか、俺にはさっぱりわからない。

いろいろなことがこんがらがって、頭の中がグチャグチャで考えがまとまらないというのもある。

ただ、それ以上に途方に暮れているというのがしっくりくる表現かもしれない。

これまで、俺は俺なりに行動してきたつもりだ。

けど、そこにはたして意味はあったんだろうか？

ユリウス兄様は死に、父上は俺の目の前で殺され、スーは夏目のせいで父殺しをさせられ、王国は陥落した。

夏目を止めるためにこのエルフの里まで来たというのに、俺は結局何もできないまま倒れ、挙句夏目は若葉さんたちに利用されていたと聞かされる始末。

俺のあずかり知らぬところで、巨大な流れができあがっている。

今までの俺の行動は、自分の意思で動いていたつもりで、実はその巨大な流れに飲み込まれていただけのような気がしてくる。

いったい俺は何をすればいいのか。

そもそも、あの若葉さんたちを相手に、何かができるのだろうか？

できる気が、しない。

さっきだって、ろくな抵抗もできないまま、無様に床を這《は》いつくばるだけしかできなかった。

『贖え』

頭を振って、弱気と呪詛を追い払う。

そうしても呪詛は鳴りやまない。

それでも、聞こえないふりをするしかない。

「シュン。本当に大丈夫か？　顔色が悪いぞ」

「ああ。まだ本調子じゃないらしい。ちょっと、部屋に戻って休むことにする。そこで少し頭を冷やして、今後どうするのか考えよう」

俺は心配してくるカティアにそう返して、部屋に戻ろうと足を動かす。

今の受け答えは、変ではなかっただろうか？
呪詛のせいで、どうにも感情的になってしまっている。
京也とのやり取りだって、もっと穏便にできたはずだ。
京也にだって事情があっただろうに、感情的になって自分の意見を叩《たた》きつけて。
今度、二人きりでちゃんと話し合おう。

その機会は、訪れなかった。
世界は俺の思うよりも急速に、考える間もくれずに動いていく。
何もかもが悪いほうへ悪いほうへと転がっていくかのように。

4　仲間

「ぐふっ！」

私の華麗な回し蹴《げ》りをくらい、吸血っ子が脇腹《わきばら》を押さえてその場に倒れる。

吸血っ子に的確にダメージを与えつつ、それでいて慣性でふっ飛ばさないよう、絶妙にコントロールされたこの匠の回し蹴り。

我ながら惚《ほ》れ惚《ぼ》れするね。

「り、理不尽」

地面に這いつくばった吸血っ子がなんか言ってるけど、聞こえんなー？

そのまま糸で縛り上げて、ズルズルと引きずっていく。

普通だったらこすれて擦り傷だらけになりそうだけど、なに、君の防御力ならば問題ないはずだ。

存分に地面とキスしまくってくれたまえ。

「白さん！　ちょっと待って！」

ズルズルと吸血っ子を引きずっていると、鬼くんが私の肩を掴《つか》んで止めさせる。

「ソフィアさんが失言したのはわかるけど、今回の責任は白さんにもある。やりすぎなんじゃないか？」

はあ？

鬼くんが支離滅裂なことを言ってくるので、私はその顔をまじまじと見つめてしまった。

普段は閉じられている十の瞳《ひとみ》が、鬼くんの目を見据える。

鬼くんはその私の邪眼の威圧にちょっとひるんだけれど、それに耐えて再び口を開いた。

「説明がなさすぎるんだ。僕らは白さんの少ない言葉をくみ取って行動しているけど、それにも限度がある。僕らの間には報連相が足りないんだ。ソフィアさんが失言してしまったのは、白さんの説明不足が原因なんだ」

ほうれん草？

何それ美味《おい》しそう。

じゃなくて。

えーと、つまりなにかい？

鬼くんはもっと私に説明せよと、そう言いたいのかい？

この私に、説明をせよと！

ないわー。

「白さん？」

「ちょっとー!?」

鬼くんを無視して再び歩きだす私に、鬼くんは戸惑ったように、引きずられた吸血っ子は抗議の声を上げた。

「白さん話を聞いてた？」

「そうよそうよ！　ちょっとこの扱いは不当だと思うわ！」

ギャーギャー騒ぐ二人を無視。

吸血っ子が拘束から逃れようとビタンビタン跳ねてるけど、それも無視。

そんな程度で私の糸から逃れられると思っているのか？

知らなかったのか？

神からは逃げられない。

吸血っ子を引きずりながら、目的地に向かう。

相変わらず吸血っ子はギャーギャー騒いでいるけれど、鬼くんは途中であきらめたのか静かについてきていた。

黙ってるけど、ついてきてるあたり納得はしてなさそう。

「これは……」

けど、その沈黙も目的地が見えてきた瞬間破られた。

口を開いた鬼くんとは反対に、吸血っ子はそれを見た瞬間口を閉ざした。

まあ、圧倒されるよね。

超巨大なＵＦＯが目の前にあったらさ。

私の目的地、それはこのＵＦＯ。

ポティマスが最後の最後にこの星から脱出するために発進させようとした、宇宙船。

呆気《あっけ》に取られている二人を無視し、私はそのままＵＦＯの中に踏み入る。

もちろん、引きずられたままの吸血っ子も一緒だ。

その後を置いていかれまいと鬼くんが慌てて歩みを再開させる。

縛られたままの吸血っ子も鬼くんも、ＵＦＯの中を物珍し気に眺めている。

やたらでかいから、中を歩くにも一苦労する距離なんだけど、それでも見ていて飽きないと思う。

なんせ、このＵＦＯは宇宙での長旅も想定されていたわけだから、その旅を成し遂げるための設備が揃《そろ》っている。

それらが見えるんだから、見学するだけでも楽しいだろう。

まあ、吸血っ子の縛られながら海老ぞりになって見学してる姿は、傍から見たらものすごくシュールだろうけど。

その姿勢にならないと見えないのはわかるけど、それは淑女が見せちゃいけない姿だと思うんだ。

え？

縛ってるのはどこのどいつだって？

それはそれ、これはこれ。

その見学ツアーも目的地に着けば終わる。

私の目的地、ＵＦＯの最深部とも言うべきその場所には、モニターに向かう魔王と、その魔王の護衛の人形蜘蛛《くも》三人がいた。

一人足りないけど、フィエルはまだあの爺《じい》さんに張り付いてるんだろうか？

「おや？　いらっしゃい」

魔王がこっちに気づいて挨拶《あいさつ》をしてくる。

私たちが転生者と会議してる間に起きて、このＵＦＯに移動してきたらしい。

まあ、だから私もここに来たんだけど。

「ソフィアちゃんはまたなんかやらかしたの？」

「またって何ですかアリエルさん？　その言い草じゃ、私がしょっちゅう何かやらかしてるみたいじゃないですか」

え？　この娘は何を言ってるの？

自覚がないって怖いわー。

ほら、魔王も苦笑してんじゃん。

「白ちゃんも、あんまソフィアちゃんをいじめちゃダメだよ？」

いじめじゃありませんー。

これは教育的指導ってやつですー。

「で、何をやらかしたの？」

「それはですね」

なぜか魔王は私ではなく鬼くんを見ながら聞き、鬼くんも鬼くんで何の疑問も持たずに魔王の問いに答えていく。

うん。

その対応正解だよ。

正解なんだけど、これはこれで当てにならんって言われてるみたいでイラっとするね。

私だってやればできるんだ！

やろうとしないだけで、やればできるんだ！

ホントだよ？

「あー。そうなんだー」

一通り鬼くんから事情を聴いた魔王は、あちゃー、という顔をして吸血っ子を見た。

「まあ、口を滑らせちゃったソフィアちゃんも悪いけど、ちゃんと説明してなかった白ちゃんのほうが責任は大きいかなー」

異議あり！

私が悪いわけがない！

私は悪くない！

「実際のところどうなの？　ホントに地球には帰れないの？」

スッと、魔王が真面目《まじめ》な顔をして聞いてくる。

「ムリ」

私はそれに端的に答えた。

「うん。白ちゃんがムリって言うのならムリなんだろうね。けど、どうしてムリなのか、その理由は？　そういう詳しいことを聞いてないから、ソフィアちゃんが口を滑らしちゃうんだよ。情報の大切さは知ってるでしょ？　んでもって、どの情報に価値があるのか、それは全《すべ》てを知ってる白ちゃんしかわからない。与えられた情報の真贋《しんがん》もろくに判別できないソフィアちゃんの立場も慮《おもんぱか》ってあげないと」

やんわりと諭すように言ってくる魔王に対して、私は口をへの字にしないようにするので精いっぱいだった。

あんたは私のお母さんか。

あ、お祖母ちゃんでした、すんません。

「白ちゃんは何でもかんでも一人で全部片づけようとするから、他人と協力するってことに関しては杜撰《ずさん》だよね。他人との会話を必要としない。だってする必要がないんだもん。その気になれば全部一人でできちゃうからね。根っからのボッチってわけだ」

ひでえ言い草だけど否定できない。

「まあ、それもしょうがないのかなーとも思うけどね。私だって白ちゃんと出会う前は人のこと言えなかったたし。突出した能力を持ってるものの宿命かね」

魔王もステータスだけ見ればこの世界では並ぶものなき最強だったからねえ。

その配下の蜘蛛群団だって、元はといえば魔王の産卵のスキルで増やした、自身の分身たる眷属《けんぞく》だし。

「とはいえ、ソフィアちゃんやラースくんは仲間なんだからさ。コミュニケーションが苦手だからって避けてないで、ちゃんと向き合ったほうがいいんじゃない？」

え？

仲間？

うん？

仲間。

うーん。

あ、そうか。

吸血っ子や鬼くんって、仲間だったのか。

そこに気づくとは、さては魔王お前天才だな？

あれ？
なんかよくわからんが混乱してきたぞ？
仲間とは？
苗字の一種です。
うん。間違っちゃいないけど、この場合の意味じゃないな。
仲間とは？
同じことをする間柄。
同じ地位、職業の間柄。
同じ種類の同類。
それぞれちょっとずつ異なるけど、大体その意味は似通っている。
つまり、並ぶものということだ。
私たちは並んでいるのだろうか？
ぶっちゃけ、戦力という意味では並んでいない。
私が飛びぬけてて、他ははるか下にいる。
そういう意味では仲間とは言い難い。
けど、同じものを志すという意味では、確かに私たちは並んでいると言える。
そうなると、ホントに私たちって仲間だったのか。
なんということでしょう。
前世からずっとボッチだと思っていた私に、まさか既に仲間ができていたとは！

えーと。

ええーと？

仲間ってどうやって接すればいいのん？

教えて偉い人！

「白ちゃんがフリーズして帰ってこない。ダメだこりゃ。白ちゃんに友情の概念は早すぎたんだ。努力と勝利は重ねまくってるはずなんだけどなあ」

「あの？」

「ラースくん。白ちゃんはこう見えて情緒はまだまだ未発達なお子様なんだよ。見た目と雰囲気に騙《だま》されちゃいけない。白ちゃんが理不尽なことしてくる時は、大抵自分に都合の悪いことを暴力で誤魔化《ごまか》そうとしてるだけだから。ね？　そう聞くとお子様っしょ？」

「は、はあ」

「だからこれはダメだって思った時は、意見を言う感じじゃなくて、叱《しか》る感じで接しなきゃ。そうでないといつまで経《た》っても改善はされないと思うな」

「叱るんですか？　僕が？」

「ソフィアちゃんはあれだし、君だけが頼りだ。頑張りたまえ」

「ちょっと！　あれって何よあれって⁉」

なんか騒がしいけど、今はなかーまについて必死に考察してるところなんだから静かにしてほしい。

えーと、私が知ってる仲間は、ゲームのおともくらいだな！

そうか、おともみたいに気が向いたら愛《め》でて、イラっとしたら蹴飛《けと》ばせばいいんだな！　それならばと吸血っ子の頭でも撫《な》でて愛でてやろうかと思ったけど、なんかミノムシ状態でギャーギャー騒いでる姿を見たらイラっとしたので蹴っておいた。

「なんで今蹴られたの⁉　ねえ！　なんで⁉」

うるさい。

仲間とはそういうものでしょ？

「なんか白ちゃんの中で決定的に間違った認識が確立した気がするけど、まあいいや」

「アリエルさん、そこで投げ出さないでください」

「そんなことより」

「そんなことより⁉」

魔王と鬼くんがコントみたいなやり取りをしている。

けど、その片方、魔王のほうは真剣な顔をしている。

ホントに重要な話があるみたいだ。

「白ちゃん、これ見てどう思う？」

魔王はモニターを顎《あご》で示しながら聞いてきた。

その真剣な表情で、鬼くんや吸血っ子も真面目《まじめ》な話だとわかったらしい。

気を引き締めて視線をモニターに向ける。

……吸血っ子は未《いま》だミノムシ状態のままだけど。

「これのどこが問題なんです？」

しばらくモニターに映された文章を目で追っていた鬼くんだけど、魔王が何を問題視しているのかがわからなかったらしい。

吸血っ子も無駄にプライドが高いせいかわからないとは言わないけど、その顔を見る限りわかってなさそうだ。

「問題大ありだよ」

魔王は困惑したようにその文面を眺めている。

そこに書かれていたのは、ポティマスの日記みたいなものだった。

あいつ、まめな性格だったみたいで、一日も欠かさずその日の出来事を日記にして綴《つづ》っていたらしい。

まあ、事務的にその日あった出来事を端的に記してるだけだから、日記というのか微妙なところな気もするけど。

感想とかあんまないし。

ところどころ研究の所感みたいな感じで書かれてたりするけど、それもごくまれ。

全体的に書き手の感情が伝わってこないから、日記っぽくないのかも。

ただし、魔王が表示している部分は、珍しくポティマスの感情が見える文面になっていた。

そこに含まれるのは、焦り。

そして疑問。

〈突如としてＭＡエネルギーの総量が大幅に低下した。原因は不明。こちらの機器で同時期に観測した次元震となんらかの関わりがあるだろうが、現時点では何とも言えない。明らかな異常事態だ。このような事例はシステム稼働後からこれまで一度もない。システムに重大な欠陥が発生したのか？　この世界にいても安全なのか？　不明だ。ギュリエディストディエスにこの星を離れることを禁じられているが、脱出の準備はしておいたほうがいいかもしれん〉

うん。

あれだ。

例の先々代勇者と先代魔王がやらかした事件。

次元魔法使ってなんか干渉しようとして失敗し、日本の教室が爆発したやつ。

私たち転生者がこの世界に転生するきっかけになった事件の時の日記だね。

この連中がやらかしてくれちゃったおかげで、私たち転生者がこの世界で生まれ、そして余波で消失しちゃったＭＡエネルギー確保に奔走するために魔王が魔王になったわけだ。

吸血っ子と鬼くんは既にこの事件のあらましは聞いてるから、これを読んでも驚きはない。

だから何を魔王が問題にしているのかわからなくて困惑してるんだろう。

けど、大問題だよ。

だって、これを書いたのはポティマスなんだから。

「どういうこと？　勇者と魔王をそそのかしたのはポティマスじゃない？」

そう。

そうなのだ。

ポティマスがこの先々代勇者と先代魔王が引き起こした事件について、こんだけ驚いているってことは、黒幕は別にいるってことになる。

え？

先々代勇者と先代魔王が勝手にやったんじゃないかって？

システムのシの字も知らないような連中に、そんなことできるわけないじゃん。

そこには必ずそいつらにシステムについて、教えた人物が存在する。

そうでなきゃ、何も知らない人間が、時空を超えてＤのいたあの教室にまでたどり着けるはずがない。

ポティマスですら、Ｄの存在には気づいていなかったようなんだから。

……ここまでくれば、犯人なんてわかりきっている。

魔王だってわかってるはずだ。

ただ認めたくないだけで。

「そうだ。全《すべ》ては私の責任だ」

私たち以外の、この場にいなかった第三者の声が響く。

空間転移で現れたのは、私の予想通りの人物。

黒い甲冑《かっちゅう》を纏《まと》ったかのような姿の、この世界の管理者。

黒、ギュリエディストディエス、その人だった。

というところで皆さんこんばんは。

やってまいりました異世界ナンバーワン決定戦。

チャンピオンは管理者ギュリギュリ。
対する挑戦者は魔王。
神VS魔王という、ありがちな展開ですが、ありがちだからこそ伝統の一戦。
果たして勝者は神か？
それとも魔王が下剋上《げこくじょう》を果たすのか？
こうご期待です。
さあ、開戦のゴングが鳴る前に魔王が突撃したー！
汚い！
しかしそこはやはり魔王。
汚いは褒め言葉！
チャンピオン、この不意打ちをもろに食らい、吹っ飛んだー！
顔面への右ストレート強打！
これにはたまらずチャンピオンもたたらを踏む！
今の攻防、どう見ますか？　解説の蜘蛛《くも》Bさん。
イヤー、今のはチャンピオンわざと受けましたね、実況の蜘蛛Aさん。
というと？
チャンピオンは魔王の不意打ちをしっかりと認識していました。
しかし、避けることも防御することもせず、あえて受けたんです。
これはチャンピオンなりの余裕というやつでしょうか。

なるほど！

挑戦者の最初の一撃をあえて受けることによって、格の違いを見せつける目的があったわけですね！

と、しかし、魔王そこで止まらない！

襟首、襟首？　あそこは襟首と言っていいのかどうか、まあとにかく襟首をつかんで地面に引き倒した！

そのまま馬乗りになる！

マウントポジションだ！

「どういうことだ！」

ここで魔王の詰問！

なされるがまま、無抵抗のチャンピオンに対して憤りを感じているようです！

戦え！

真面目《まじめ》に戦えと訴えております！

「……すまない」

しかーし！

それでもチャンピオン、戦う意志を見せません！

これはどういうことでしょう⁉

チャンピオン戦意喪失か⁉

魔王はそんなチャンピオンに殴りかかる！

ふう。

実況ごっこも飽きたな。

「アリエルさん！　待って！　やめるんだ！」

鬼くんが黒の顔面を殴打し続ける魔王を羽交い締めにして止める。

魔王は鬼くんの腕の中でもがいて、なおも黒のことを殴り続けようとするけど、力ずくで引《ひ》き剥《は》がされてそれもままならない。

魔王はポティマスとの戦いで、その力の大半を失ってしまっている。

今は見た目通りの小娘、下手《へた》したら見た目よりもはるかに弱々しい。

鬼くんの力で引き剥がされたら、抵抗できるはずもない。

鬼くんグッジョブ。

今の魔王は絶対安静の病人みたいなもんだからね。

あんま暴れるのは体によくない。

とは言え、ある程度発散しないとこの件は収まりもつかないし、黒は何発か殴られておくべきだと思って私は手出ししなかった。

止めるタイミングとしてはいい感じ。

さすが空気の読める男。

え？　吸血っ子？

ミノムシ状態で成り行きがわからずポカーンしてるけど、なにか？

「どういうこと？」

「すまん」

以下、鬼くんに拘束されながらも黒に食って掛かり、問い詰める魔王と、すまん、しか言わない黒の問答が続く。

私はそれをしり目に、さっきまで魔王が見ていたポティマスの日記の続きを読んでいく。

〈ギュリエディストディエスが外で活動させているボディに接触してきた。珍しいこともあったものだ。何か異変はなかったかと聞かれたが、間違いなくMAエネルギー激減と、同時期に発生した次元震のことだろう。もちろんこちらから情報を出すつもりはない。逆に探りを入れ、情報を引き出そうとしたが、奴自身も具体的に何が起きたのか知らないようだ。結局何の成果もなく別れることになる。奴自身も把握していないこの異変。情報を集める必要がある〉

〈勇者が代替わりした。新しく勇者になったのはアナレイト王国の第二王子ユリウス。そちらはどうでもいいが、代替わりしたということは先代となる勇者ダレスメイグが死んだということ。時期から考えて過日の次元震と関連があるはず。ダレスメイグが次元震を引き起こしたのだとすれば、納得はいく。魔王のほうは代替わりが確認できていないが、もしダレスメイグとともに協力していたのであれば、そちらも死んでいるだろう。そして、ギュリエディストディエスは生きていた。つまり、奴らは失敗したということか。使えん〉

〈次代の私のメインボディとすべく生ませた個体が、念話にて妙なことを言い始めた。自我もろくに芽生えるはずのない赤子の段階で念話を使うこと自体がありえないが、その話の内容もまたありえないものだった。しかし、内容自体は実に興味深い。ここは異なる世界の記憶を持った転生者か。例の次元震で消えたMAエネルギーがどこに行ったのかと思えば、まさか異世界に流れ込んでいたとは。なぜ本来ギュリエディストディエスに向かわなければならないものがそうなったのか、理由は不明だが面白いことになったのは確かだ。転生者、異世界の、我らとは異なる魂。それらを利用すれば、あるいは行き詰まっている私の研究に一つの打開策をもたらすこともできるのではないか？　試してみる価値はある。であれば、早急にサンプルの確保に努めなければ。幸い、私に転生者のことを話した個体、フィリメスも転生者の保護を望んでいる。その願い、聞き届けてやろう〉

う、む。

これは何というか。

読んでるだけで精神がゴリゴリ削られていくような、えげつない内容。

悪いことを悪いと思ってないで、平然と実行する奴はこれだから。

先々代の勇者とか先代の魔王とか、何よりも先生のことを一個の人格としてじゃなくて、道具としか思ってないのがこの短い文章だけでひしひしと伝わってくる。

まあ、わかりきってたことだけど、やっぱポの字クズイな！

過去のデータをあされば、先々代勇者と先代魔王とのやり取りも出てきそうだけど、そこまで調べる必要はないかな。

ていうか、あんま詳しく読みたくないわー。

大体の構図は見えたし。

まあ、元から知ってたけど。

「ねえ、私さ、ギュリエのこと勝手に仲間だって、同志だって思ってたんだけど、それって私の勘違いだった？」

おっと。

放置してた魔王と黒のやり取りが、かなり深刻な感じになってる。

魔王が今にも泣きそうになってるじゃん。

こんな小さな女の子泣かすなんて、黒はサイテーだな！

……というのは冗談にして、そろそろ割って入るか。

「ヘタレ」

あ、間違えた。

ついつい心の声のままに黒に呼び掛けちゃったぜ。

まあいっか。

「ちゃんと説明しないと伝わらない。謝ってないで一からちゃんと説明しろ」

倒れた状態から半身を起こした黒が目を見開く。

魔王もこっちを振り返って同じように目を丸くしていた。

「……え？　それをご主人様が言うの？」

吸血っ子がなんか変なこと言っていたので、とりあえず蹴《け》っておいた。

吸血っ子を黙らせてから、改めて黒の話を聞く。

まあ、ウジウジと事あるごとに「私のせいだ」「私が間違えたせいで」とか、そんな感じの余計な言葉が挟まってるので、聞いてるだけで時間がかかる。

けど、まあ、要約して三行でまとめるとこんな感じ。

黒が勇者と魔王に人魔の停戦を呼び掛けた。

ポの字が勇者と魔王に管理者は悪だと吹き込んでた。

勇者と魔王「よし、管理者を討とう！」

何でそうなるんですかねえ？

まあ、より詳しく言うと、流れ的にはこうだ。

まず、この世界の住民の魂の劣化、とりわけ魔族の魂の劣化が激しくなってきていて、魔族の出生率が下がってきていた。

そのせいで魔族がもう戦争どころじゃなくなってきていたってわけだ。

このままじゃ、魔族が滅びると予見した黒は、魔王と勇者に停戦するよう呼びかけた。

ここまではいい。

黒の判断に間違いはない。

当時の情勢を私は知らないけど、アーグナーやバルトが必死に魔族の立て直しに奔走していたのを見れば、どれだけ切羽詰まっていたのか想像するのは難しくない。

大体からして、基本傍観するだけで、自分から積極的に動こうとしない黒が動いてる時点で、どれだけやばい状況だったのかはわかるよね。

もしかしたら、黒が動かずにそのまま戦争が続いていれば、私たち転生者が生まれてくる頃《ころ》には魔族は滅亡していたかもしれない。

それは言い過ぎにしても、事態はより切迫してただろう。

ただ、ここで黒の誤算が発生する。

それは、先々代勇者と先代魔王には、すでにポの字が接触していたってこと。

そんでもって奴は、先生にも言い聞かせている、管理者悪説を吹き込んでたのだ。

管理者が勇者と魔王を使ってこの世界の住民を争わせ、力を蓄えさせてそれを死後奪い取っているってやつ。

実際その通りだけど、それだけ聞くと管理者は悪く見えちゃうよね。

ホントはこの世界再生させるために頑張ってるっていうのに。

黒とポの字、両方から話を聞いた先々代勇者と先代魔王がどう思ったのか、それは本人たちにしかわからない。

その本人たちももう死んじゃってるし、真相を知ることはできない。

ただ、結果だけ見れば、彼らは管理者に無謀な戦いを挑み、MAエネルギーを無駄に浪費したアホということになる。

なんでそんなMAエネルギーが大量に減る事態になったのか？

いくら管理者に挑もうとも、ただ戦うだけでMAエネルギーが減るなんて事態になるはずがない。

それが勇者と魔王でなければ。

勇者と魔王には、隠された要素がいろいろある。

あの性悪邪神が変に詰め込んだ結果だ。

勇者は魔王に対して強くなる。

これは長命な魔族から輩出される魔王のほうが、人族の勇者より優れていることが多いから、詰み対策として施された救済措置。

力量差のある勇者と魔王が戦った場合、勇者はＭＡエネルギーを消費して、一時的なパワーアップを果たすことができる。

実はこのパワーアップ、勇者対魔王以外にも、適用される例がある。

それが、神を相手にした場合だ。

現在この世界にはまともな神が黒しかいない。

サリエルはシステムの核になってて身動きできないし。

つまり、外部の敵に対して、動けるのが黒しかいないってことだ。

神々は領土争いで星を奪い合っている。

この星は龍《りゅう》に見放され、滅びる寸前ということで旨味《うまみ》がないし、そうそう狙《ねら》われることはない。

けど、絶対にないとは言い切れない。

ここを放棄した龍どもが戻ってこないとも言い切れないし、野良《のら》の神がひょっこり現れるかもしれない。

そんな神に対抗するための手段が、勇者と魔王。

勇者と魔王は神に挑むとき、ＭＡエネルギーを消費してパワーアップすることができる。

もちろん、神にそうやすやすと勝てるわけもないし、一時的とはいえ、神に対抗できるくらいのエネルギーを、個人に詰め込めばただじゃすまない。

しかも、神を相手にするんだから、ＭＡエネルギーの消費は勇者対魔王の比じゃない。

それでもこの機能はある。

そして、何を隠そうこの機能の適用範囲に、管理者も含まれているのだ。

ハア？

ってなるよね。

これがオンラインゲームだったら、プレイヤーにＧＭへの特効が付与されてるようなもんだもん。

しかも、それ使うとサバを殺しかねない。

ゲームの根底を覆しかねない、バカじゃねえの仕様である。

仕様っていうか、もはやバグだよね。

けど、それバグじゃなくてちゃんとした仕様なんですわー。

だって、それ作ったのあの邪神だもん。

思うに、Ｄはこの世界の住民が管理者に挑むこともまた、選択肢として残していたんじゃないかな。

そこに意味があるかと言われれば、「そのほうが面白そうだから」としかあいつは言わないだろうけど。

ただの人が、神に挑む。

それで世界が変わるかはわからないけど、Ｄとしては意味がなくてもそのイベントだけで楽しめたんじゃない？

はい。

つまり、先々代勇者と先代魔王は、管理者という名の神に挑むことによって、MAエネルギーを消費して一瞬だけ莫大《ばくだい》な力を得ることに成功したわけ。

代償は、もちろんMAエネルギーの大量消費と、連中の命。

たぶん彼らは彼らなりに、良かれと思ってそうしたはずなんだよね。

しかし、結果はMAエネルギー無駄に消費して、世界を窮地に立たせただけ。

おまけに別世界の私ら転生者たちをぶっ殺すなんて、余計なことまでしてくれやがって。

とんだ道化だよね。

さて、お気づきだろうか？

ここまでの流れで、黒にそこまで責任がないことに。

「今の話を聞いてると、大体悪いのはポティマスじゃね？」

「いいや。勇者と魔王にきちんと説明できなかった、私の責任だ」

魔王の尤《もっと》もな意見に、黒は頑なに自分のせいだと反論する。

説明の最中にもやたらと自分のせいだと強調していた。

実際、黒に全く責任がないかというと、ないとは言い切れない。

黒が先々代勇者と先代魔王にどういう説明をしたのかは知らんけど、そこでしっかりと連中の信用を勝ち取っていれば、こうはならなかった。

ポの字よりも信用なかったってことだからね。

悲しい。

とは言え、先々代勇者と先代魔王をだましたポの字が一番悪いに決まっている。

ポの字の日記を見る限り、この二人はポの字には頼らないで、独自に動いて勝手に自爆したっぽいけど。

ポの字的にも勝手に黒を倒してくれればラッキー程度の認識だったのかもね。

状況から推察して、ほぼ真相にたどり着いてるあたり、ポの字って無駄に優秀だよな。

だからこそ質《たち》が悪いんだけどな！

「ギュリエ、何を隠してるの？」

「何も隠してなどいない。私が不甲斐《ふがい》なかった。ただそれだけのことだ」

問い詰める魔王と、しらばっくれる黒。

しかし、ここまで来ちゃうと黒が何かを隠しているのはまるわかり。

「私が彼らにシステムについて、半端な知識を与えてしまったがために起きた悲劇だ。その責任は私にある」

うーむ。

黒は嘘《うそ》をついてない。

ただ、肝心なことを言ってないだけで。

先々代勇者と先代魔王がバカやったのもホント。

その二人を唆したのがポの字だっていうのもホント。

その二人にシステムについて半端な知識を与えちゃったのが黒だっていうのもホント。

全部が全部、悪いほうに作用してああなった。

黒幕という意味では、関わった全員が黒幕と言えなくもない。

ただし、一人足りない。

「女神サリエル」

私の呟《つぶや》きに、黒が大げさに反応する。

その視線は、「言うな！」と、口ほどに語っている。

まあ、言っちゃいますけど！

「本来黒に行くはずだった攻撃を、Dに逸《そ》らした人物。それが女神サリエル」

私の言葉に、それぞれがそれぞれの反応を示す。

黒は無表情を保っていた。

魔王は生気の抜けた表情を浮かべた。

鬼くんは納得した表情。

吸血っ子は何もわかってないアホ面。

考えてみれば当たり前。

ポの字すらその存在を知らないDに、先々代勇者と先代魔王が攻撃を加えることなんてできっこないのだ。

一応システムを経由すれば、その制作者で術者であるDにたどり着くことは不可能じゃない。

けど、そんなことシステムによほど精通していないとできっこない。

システムの管理者である、女神サリエルを除いて。

「ホントのこと？」

魔王が黒に問い質すけど、黒は沈黙でもって答えた。

その態度がすでに肯定を示してるんだけどねー。

黒としては自分を狙《ねら》った攻撃が、いつの間にかサリエルによって防がれてて、しかもそれが原因でMAエネルギー減ったり転生者生み出したりと、妙な事態を引き起こしちゃってんだから責任感じちゃうのも仕方ないわな。

先々代勇者と先代魔王に会わなければ、攻撃の標的にされることもなかったわけだし。

次元魔法だって万能じゃない。

超便利な空間魔法、その進化先である次元魔法は、そりゃすさまじく便利。

けど、できることとできないことははっきり分かれている。

まあ、これはスキル全般に言えることなんだけどね。

スキルとして定められた範囲を超えて行使するには、それこそスキルの根幹となる魔術への理解が深くなきゃできない。

空間魔法を使える人すら少ないんだから、次元魔法を使えた先々代勇者と先代魔王はかなり優秀だったんだろう。

それでもできないものはできない。

次元魔法では、出会ったことのない対象への攻撃は不可能なんだよ。

空間魔法でもそうだったように、次元魔法の第一段階は空間の指定。

その指定した空間に対して、次の魔法を選択して行使する。

転移だったり攻撃だったり。

そして、第一段階の空間の指定でできるのは、術者が一度実際に行ったことのある場所、もしくは出会ったことのある人物。

黒は先々代勇者と先代魔王に会ったことによって、攻撃対象に選択可能な状態になってしまった。

ここで警戒して、黒本人じゃなくて部下にでも行かせていれば、攻撃対象になることもなかったわけだ。

まあ、信用を得ようと本人が出向いちゃったんだろうなー。

それが裏目っただけで。

そして、その攻撃対象を、サリエルがシステムに干渉してDに移した。

ぶっちゃけ、サリエルの思惑はよくわからん。

いくつか理由は考えられるけど、あいつの思考回路は私には理解できないんで、どれが正解なのかわからない。

単純に黒を救いたかったのか、Dを害したかったのか、他に何か思惑があったのか。

こればっかりは本人に聞いてみないとわからんね。

聞く気はないし、興味もないけど。

だってあいつと対面するとイライラしてぶん殴りたくなるし。

まあ、どの理由にせよ、本人に悪気はなかったのは間違いない。

突発的な事故を咄嗟《とっさ》に防いだみたいなもんだし。

防ぎきれてないあたりダメダメな気もするけど。

もし、サリエルが変な干渉をせずに先々代勇者と先代魔王の攻撃が黒に直撃してたら。

黒は死んでたかもしくは大怪我《けが》で弱体化。

そしたらポの字も黙ってないだろうし、状況は混沌《こんとん》としただろうね。

最悪ポの字の一人天下か。

ただし、黒を攻撃するのに使ったMAエネルギーの一部は回収できただろうし、MAエネルギーの観点で言えば今の状況よりましだった可能性はある。

この世界で使われれば、全部とは言わないけどMAエネルギーの回収もできなくはなかったはずだからね。

しかも、黒が死ねばたぶんMAエネルギーにプラスされる。

管理者への攻撃が可能な時点で、そういう機能をシステムに組み込んでても不思議じゃない。

神を吸収してMAエネルギーを増加させるような、ね。

一方、今の状況。

黒は無傷で生き残り、代わりにMAエネルギー大暴落。

転生者たちがはーいこんにちはして、激動の時代に突入。

どっちのルートにしろ、状況は混沌としてたか。

ただ、ポの字の抹殺に成功。

この世界の膿《うみ》というか癌というか、まあ、とにかく一番いらないものは排除できたわけだ。

うーむ。

こう考えると、どっちのルートでもメリットデメリットハッキリしてて甲乙つけがたいな。

ただ、ポの字が生き残ってたらどう考えても悪いほうに転がってく未来しかないって考えれば、今のルートのほうが正解なのか、な?

うん、そういうことにしておこう。

転生者諸君にはいい迷惑だけど。

あ、私は除く。

ほら、私ってばこの世界に転生しなかったらただの蜘蛛《くも》として、向こうで一生を終えてただろうし。

それが何の因果かこうして神にまでなったんだから、転生してよかったと思うわけですよ。

およ？

そう考えるとサリエルよくやった？

……拝んどこう。

「ギュリエ。あんたは悪くないよ」

「いいや。やはり私が悪い。私の責任でこんなことになっているということも知らず、のうのうと今まで過ごしていたのかと思うとな」

魔王が、いったんサリエルのことから思考を戻し、黒を慰める。

それに対して黒は自虐的に笑うのみ。

うん。

黒さんMAエネルギーが激減してたことも知らなかったし、その原因は全部ポの字のせいだと思い込んでたからね。

そこに自分が知らないうちに一枚噛《か》んでたって知ったら、このヘタレは責任感じちゃうよね。

どうせどっかの邪神が気を利かせて、懇切丁寧に教えてあげたんだろうなー。

教えられなきゃ、背景の裏なんか知りようもないし。

そんで、それを全部知れる立場にいるのは、あの邪神くらいだもん。

邪神マジ邪神。

え？

私は何でそれを知ってるのかって？

私の情報収集能力を甘く見てもらっては困る！

情報収集専門の分体たちが各地から足を使って現地の様子を見聞きし、システムにハッキングしてる解析班がシステム関連の情報を抜き出し、さらに限定的ながら過去視の邪眼を開発。

この新邪眼で過去を覗《のぞ》き見て、状況証拠やら何やらで推測を重ねて真相にたどり着いているのだ。

私は今ならどんな未解決事件でも解決できる、スーパー名探偵なのです。

まあ、過去視はホントに使い勝手悪すぎて、ほとんど使わないんだけど。

「悪いと思うなら、償えるように今行動すればいいじゃん」

そろそろウジーっとうざくなってきたので、そう言って締めくくる。

「そう、だな。そうしよう」

うんうん。

そうしてくれ。

君にはこの後、でっかいお仕事が待ってるんだから。

先々代勇者と先代魔王が引き起こした事件は、サリエルの手によって今のルートに進んだ。

さてさて。

これから私が引き起こす事件に、この世界の住民諸君はどういうルート選択をするのかな？

まあ、どのルートを選ぼうが、結末は変わらないんだけどね。

幕間　田川邦彦《くにひこ》

……やっちまったな。

委員長に対して怒っちまったのはしょうがねえ。

あんなん怒るに決まってる。

ただ、あそこで殴りそうになったのは、まずかった。

委員長はここに長年監禁されてたらしいし、ステータスもその分貧弱だろう。

そんな委員長に俺が殴り掛かってたら、死んでただろうな……。

「どうすりゃいいと思う？」

「素直に謝ればいいじゃない」

気まずくなって逃げるようにしてアサカの元に駆けこんだが、そのアサカはと言えば冷たい。

もう少しこう、委員長との間を取り持ってくれるとかそういうのはないんだろうか。

「情けない顔してないで今日中には謝るのよ？　こういうのは時間を空けるほど余計に気まずくなるんだから」

「……はい」

「まあ、今すぐはお互いに気持ちの整理もついてないだろうし、お昼ごろにでも行けば？」

「そうする」

どうやらアサカからの助け舟はないらしい。

こういうところはドライなとこあるよな……。

俺が悪いんだから仕方がないが。

しかし、そうなると昼まで暇だ。

……行っちまうか？

アサカもさっき、こういうのは時間を空けるほど気まずくなるって言ってたしな。

それとはまた違うが、こっちも時間を空けるほど接触しにくくなるだろう。

なら、腹をくくって突撃するか。

「アサカ」

「……なに？　嫌な予感しかしないんだけど」

「メラゾフィスに会いに行ってくる」

俺がそう言うと、アサカは頭を抱えた。

「……行ってどうするのよ？」

「どうもしねえさ。さすがにこの状況でやり合おうとは思わない。武器も壊されちまったしな」

俺の愛刀は昨日《きのう》の戦いで京也の野郎にへし折られた。

……へし折られた。

俺の、愛刀……。

「自分で口にして落ち込まないでよ」

「だってぇー！」

お気に入りの武器だったんだぞ！

雷龍《らいりゅう》という、めちゃくちゃ強い龍種の魔物を、俺とアサカ含む高ランク冒険者で連合を組んで倒して、その素材から腕のいい鍛冶師《かじ》に頼み込んでようやく完成した思い出深い一品だったんだ！

俺の一番の相棒はもちろんアサカだが、二番目の相棒があの愛刀だったんだ！

それがへし折られて……。

「泣かないでよ」

「泣いてない！」

泣くほど悲しいけど、さすがにこの年になって本当に泣きはしないっての。

「アサカだって杖《つえ》壊されたじゃねーか。悲しくねえの？」

「道具はいつか壊れるものよ」

こういうところはドライなとこあるよな……。

「ハア。じゃあ会いに行って、話を聞くだけね？」

「ああ」

さすがにメラゾフィス相手に武器なしでは挑めない。

それどころか武器があっても俺一人じゃろくに戦いにならないのは目に見えている。

だから会いに行っても戦いを挑むようなまねはしない。

向こうもこっちから突っかかからなければ、余計ないさかいを起こしはしないだろう。

「そう。じゃあ行きましょう」

「アサカも来るのか？」

「クニヒコだけじゃ不安だもの」

「けど、いいのか？」

俺はチラリとベッドで眠る岡《おか》ちゃんを見る。

アサカは倒れた岡ちゃんの看病を任されていたはずだ。

「行く前に千恵《ちえ》ちゃんにバトンタッチしておく」

「あー。七瀬《ななせ》か」

転生者の七瀬千恵は面倒見もいいし、任せても大丈夫だろう。

そうして俺たちは出かける前に七瀬に声をかけて、岡ちゃんのことを任せた。

家を出る際、白装束の女が手振りで指示を出し、俺たちの後を別の白装束が隠れてついてくるのを気配で察知したが、気づかないふりをした。

監視くらいはそりゃされるか。

だが、こっちが妙な動きをしなければ殺されることはないだろう。

殺すのならば昨日のうちに殺している。

若葉さんたちは〝前世の好〟で、俺たちを生かしている。

若葉さんたちとは別に魔族軍が俺たちに手を出すってこともありえなくはないが、そこまで心配する必要はないだろう。

これまで見てきた魔族軍から感じる印象は、軍人だ。

任務に忠実。

そこに私情は挟まず、与えられた任務を淡々とこなす、ある種機械じみた印象を受ける。

そんな連中が上司である若葉さんの命令に背くようには思えない。

そして、それはメラゾフィスも同様だ。

俺はメラゾフィスのことをほとんど知らない。

実際に出くわしたのは、三回だけ。

一回目は俺とアサカの故郷で、奴《やつ》はそこを滅ぼした。

俺とアサカ以外を皆殺しにして。

二回目はこの前の魔族との戦争の時。

魔族の大将として、砦《とりで》の防衛に当たっていた俺とアサカが戦った。

そして三回目は昨日の戦いで。

とは言え、昨日の件に関しては本体ではなくスキルで作られていた分身だったから、実際に出くわしたカウントに数えていいのか微妙な気もするが。

ただ分身だろうが本体だろうが、言動は本人そのものなんだから些細《ささい》な問題だろう。

言動っつっても交わした言葉はほとんどないに等しい。

三回のうち初回は蹂躙《じゅうりん》されて、残り二回は戦場で戦ったわけだからな。

悠長に話し合う暇なんかもちろんない。

だが、二回も刃を交えれば多少は伝わってくるものもある。

たぶんあいつは、クソがつくほどの真面目《まじめ》野郎だ。

軍人としては模範的な優等生。

命令違反などもってのほかだし、独断専行で一つの集落を壊滅させるなんてこともしない。

ならば、だ。

メラゾフィスが俺たちの故郷を壊滅させたのは、上からの命令だったんじゃないか？

あいつはそれに従っただけなんじゃないか？

そう思えた。

俺はこれまで打倒メラゾフィスを目標に突っ走ってきたわけだが、そうなると考えを改めないといけないかもしれない。

そもそも若葉さんたちの話が衝撃的過ぎて、敵討ちうんぬんへの意欲が迷子《まいご》になり気味なんだ。

若葉さんたちのことにしてもそうだが、メラゾフィスのことについてもちゃんと知って、そこからいろいろと考えたい。

俺が今後どうしたいのか。

それを確かめるためにも、俺はメラゾフィスと会って、話をしなければならない。

「ところで、メラゾフィスの居場所は知ってるの？」

「あ」

エルフの里の中をぐるぐる歩き回り、見かねた監視の白装束が道案内を買って出てくれて、なんとか昼前にはメラゾフィスに会うことができた。

……白装束、人間味あるじゃねーか。

誰だ、機械じみてるなんて言ったやつは。……俺だよ。

「さて。話、だったか」

話がしたいと押し掛けた俺たちが案内されたのは、一軒のエルフの家の中だった。

そこで俺たちは戦後処理をしていたらしいメラゾフィスと引き合わされた。

今はテーブルをはさんで向かい合って座っている。

「ああ。その前に自己紹介しとこう。俺はタガワクニヒコ。転生者だ」

「クシタニアサカ。同じく転生者」

「メラゾフィスだ。私自身は転生者ではないが、転生者お三方と近しい立場ではある」

軽く自己紹介から。

俺とアサカはメラゾフィスのことをかなり意識しているが、もしかしたらメラゾフィスのほうは俺たちの名前さえ知らないなんてこともありえたからな。

そしてもう一つ、確認しておかなければならないことがある。

「あんたは覚えてないかもしれないが、十年くらい前にあんたに滅ぼされた村っつうか、集落の、二人だけの生き残りだ」

「もちろん覚えている」

メラゾフィスは頷《うなず》きながらそう言った。

よかった。これで「覚えてない」とか言われたらどうしようかと思ったぜ。

俺やアサカにとっては人生が一変する大事件だったが、メラゾフィスにとっては覚える価値もないことだった、なんてことではなかったらしい。

もしそうだったら、反射的に殴りかかるくらいはしてたかもな。

アサカには戦うわけじゃないと言った手前、我慢しようとはしただろうが。

……我慢できたかは、わかんねえけど。

「覚えてるのなら話は早い。俺たちの故郷はどうして滅ぼされなきゃならなかったのか。その理由をあんたの口から聞きたい」

「ふむ……」

俺の話を聞いて思案するメラゾフィスは、理知的だ。

やはり俺の予想通り、この男は自分の勝手で集落を蹂躙するような外道ではない。

俺たちの故郷が滅ぼされたのは、何か理由があって、そしてメラゾフィスはその実行役として誰かから命令されただけだ。

「……それを聞いてどうする？」

「どうするのかを決めるためにも聞きてーんだ」

メラゾフィスの問いに答える。

「わかった。あまり気分のいい話ではないが、いいか？」

「おう」

俺が即答すると、メラゾフィスは大きく息を吐いた。

メラゾフィスにとっても気分がいい話ではないんだろう。

両親や故郷の仇《かたき》ではあるものの、その態度は好感が持てた。

同時に複雑な気分になる。

もっとぶっ飛ばすのにためらいのいらない外道だったら、悩むことなく戦えたのかもしれないのに、ってな。

「さて、話をするにしてもどこから話したものか……。少し待て」

そう言ってメラゾフィスは席を立ち、部屋から出ていってしまう。

そして戻ってきたときにはその両手にコップを一つずつ持っていた。

「長丁場になるだろうからな」

俺とアサカの前にそのコップを置く。

気づかい上手だなおい！　こいつ絶対もてるだろ！

「……あざます」

「いただきます」

なんとなく釈然としない思いを抱きつつ、一応お礼は言っておく。

アサカはすぐさまコップを手に取って口をつけていた。

アサカってもらえるものは遠慮なくもらうタイプだもんな……。

毒とか入ってたらどうす、って、んな回りくどいことしなくてもメラゾフィスなら俺らを殺すことなんて訳ないか。

俺もアサカに倣って出された飲み物を口にする。

アップルティーっぽい味のお茶だった。

「なるべく客観的に話すつもりだが、どうしても魔族よりの意見になると思う。そこは了承してくれ」

そうしてメラゾフィスが語りだした内容は、事前に言われていた通り気分のいいものではなかった。

むしろ気分的には最悪だ。

メラゾフィスの話は長かった。

なんせ話の始まりが魔族の内乱についてだ。

俺たちの故郷とは何らかかかわりがなさそうな話だったが、どうにもそこから話した方がいいらしい。

俺とアサカは黙って話の続きを聞くことにした。

魔王に対抗するために反乱軍が形成され、それにエルフが密《ひそ》かに協力していたらしい。

そのエルフの中に岡ちゃんが交じってたそうだ。

反乱軍は正規の魔族軍に敗れ、岡ちゃん含むエルフは魔族領に取り残され、そのままでは生きて人族領に戻ることはできない状況にあったらしい。

その最大の障害となるのが、魔族領と人族領の間にある人魔緩衝地帯、そこに住む部族の連中。

顔見知り以外は問答無用でぶち殺し、その身ぐるみをはいで生活の足しにしている盗賊もかくやという集団なのだそうだ。

……俺らの故郷の話らしい。

マジで？

俺らの故郷って魔族から見るとそうだったの？

俺は唖然《あぜん》としていたが、アサカは割と平然としていた。

「だって見るからに野蛮だったじゃない」

「ええー……」

アサカからしてみると故郷の人たちはそう見えていたようだ。

聞けばアサカはとっととあの集落から出たいと思ってたそうだ。

マジかよ……。マジかよ……。

俺からすると部族の男たちは強くてかっこいい大人ってイメージだったんだが、もしかして美化された記憶だったのか？

知りたくなかった故郷の真実を知って脱線してしまったが、メラゾフィスの話はまだ続く。

岡ちゃんを無事に人族領まで脱出させるには、俺たちの故郷を先手を打って壊滅させ、安全を確保するしかなかったと。

「待って。どうしてそこで先生を捕虜にするなりしなかったの？」

「しなかったのではなくできなかったのだ。ポティマス・ハァイフェナスの能力のせいで」

アサカの質問にメラゾフィスはそう答えた。

エルフの族長、ポティマスとは俺も面識があるが、あいつがこの世界を滅茶苦茶にした元凶らしい。

そして、その能力は他人の体を乗っ取ること。

誰《だれ》でも乗っ取れるわけではないらしいが、条件を満たした相手の意識を塗りつぶし、ポティマスが自らの体のように操れるらしい。

岡ちゃんはその乗っ取り候補の一人で、捕虜にしたらその瞬間にはたぶんポティマスに乗っ取られていただろうとのこと。

「……えげつねえ」

「そういった事情もあって、我々はセンセイに手出しできなかったのだ」

若葉さんの話を聞いて、エルフどもがクソだってのはわかってたが、改めて聞くとポティマスの能力は悪辣《あくらつ》だな。

性格のクソさが能力にまで表れてやがる。

しかし、そうか……。

「間接的とはいえ、岡ちゃんのせいで俺らの故郷は滅ぼされたのか」

岡ちゃん本人はまったく悪くねーんだが、複雑な気分だ。

「それももちろんあるが、君らがいたというのも要因の一つだ」

「は？　俺らのせい？」

「せい、という言い方は正しくない。あそこは魔族と人族の領域の境界線。人族との戦争が起これば真っ先に戦場になる場所であり、確実に滅びていた部族だ。センセイの件で滅びるのが早まったのは事実だが、同時に君らという転生者を早い段階で将来戦場になる危険地帯から逃すという目的があった。転生者を集めているエルフのセンセイと引き合わせるわけにもいかなかった」

「なん、だよ、それ。なんだよ……」

言葉が出てこなかった。

じゃあ、なんだ？

故郷が滅びたのは、俺らのせいでもあるのか？

俺とアサカだけが見逃されていたのも、転生者だったからなのか。

「ハハ。転生者ってのは疫病神かなんかか？」

「先ほども言ったように、あの部族は遅かれ早かれ戦争に巻き込まれて滅んでいた」

自嘲《じちょう》する俺に、メラゾフィスが慰めるように語りかけてくる。

やめてくれ。

仇のくせに、俺に優しくしないでくれ……。

「あの時の状況はこんなところだ」

そう言ってメラゾフィスは話を締めくくった。

あらかじめ言われていた通り話を聞き終わった時の俺の気分は最悪だったが、いろいろと納得できる話だった。

メラゾフィスみたいなバカ強い奴《やつ》が、何の前触れもなく唐突に襲撃してきた背景がよくわかった。

なんでこんな奴がいきなり？　ってのは長年の疑問だった。

そもそもどうしていきなり俺たちの故郷が滅ぼされたのかってのもな。

その疑問がようやく解消されたわけだ。

知れてよかったのかどうかは、ちょっとわかんねえけど。

「……こちらにはこちらの言い分がある。だが、私が君らの故郷を滅ぼし、肉親、友人知人を皆殺しにした事実は変わらない。君らには私を恨む権利がある」

そう言ってメラゾフィスは席を立った。

「謝罪はできない。そして、この命をむざむざ引き渡すことも、できない。だが、君らの挑戦を拒むこともまたしない。いつでも相手になろう」

そう言って部屋を出ていった。

気づかわれたのだろうか？

落ち込む俺にはっぱをかけるために、最後の言葉を言ったんだろうか？

だから、仇のくせに優しさを見せるんじゃねえよ……。

「……どうするか決めるために真実を聞きに来たのに、余計どうすりゃいいのかわかんなくなったじゃねえか」

アサカは無言で俺の肩に手を置いている。

メラゾフィスが入れてくれたコップの中身は、もうなくなっていた。

幕間　夏目健吾

山田たちが退出した後、俺もすぐに家を出た。

他の元クラスメイト達も俺とどう接すればいいのかわからないだろう。

俺が山田たちと話している時のよそよそしい雰囲気からそれは察せられた。

一成《いっせい》がいたのなら、それでもなんとか対話をしようと思えたかもしれない。

だが、もうそんな気も起きなかった。

俺がこの世界に完全に見切りをつけたのは、一成の死を岡ちゃんから聞いた時だ。

学園で岡ちゃんと再会してすぐのことだ。

返答を渋る岡ちゃんに、粘って拝み倒して、そして聞き出して、後悔した。

一成、桜崎一成は俺にとって半身とも言うべき親友だった。

その一成がとっくにこの世界からいなくなっていると知った時、この世界から色が抜け落ちた。

「ちょっとー？　なに勝手に抜け出してるわけー？」

漆原が俺の後を追いかけてきていた。

「ああん？　なんか用でもあんのかよ？」

「別にー？　用はないけどさ」

「だったら俺が何しようがどうでもいいだろ。放っておけ」

「……だって放っておいたらあんた死にそうじゃん」

その漆原の物言いをハッと鼻で笑う。

「死なねえよ。てめえらに殺されない限りは生きといてやるよ」

「……あ、そ」

歩みを進める。

だが、漆原は無言でついてくる。

……なんだかんだ、こいつなりに俺のことを心配してるってか？

あれだけのことをしたこの俺を？

ハッ！　こいつも飼い主に似て甘ちゃんになったもんだ。

「……あんたさぁ、なんでそんなんなっちゃったわけ？」

沈黙がつらくなったのか、漆原が直球で聞いてきた。

「てめえらはそこそこ恵まれた環境の中で同じ境遇のやつらがそばにいた。山田だけじゃねえ。ここに捕らわれてた連中だって、衣食住満たされて理解し合える仲間がいただろ？　……俺には誰《だれ》もいなかった」

結局のところそれに尽きる。

俺は前世、恵まれていた。

不満なんて何一つなかった。

異世界転生なんて、したくなかった。

そんなもんするくらいなら、そのまま死んでた方がマシだった。

「帝国ってな、中身はドロッドロに腐りきってるんだぜ？　俺を傀儡《かいらい》にして甘い蜜《みつ》啜《すす》ろうとしてる豚どもがのさばってるんだ。笑顔の下に醜悪な欲望隠してな。もっとも、ダダ漏れで隠せてねえから醜いだけなんだけどな！　そんな連中に囲まれて、聞きたくもねえおべっか聞かされて。誰にも心を開けない。誰も信用ならない。そんな環境で正気でいるのがバカバカしくなったのさ」

帝国が質実剛健だったのは昔の話だ。

軍閥貴族は先代剣帝の影を追い求めて俺の父親である剣帝を見限り、代わりに私腹を肥やした宮廷貴族がのさばる。

魔族という共通の敵がいなくなれば、帝国の内部はガタガタだ。

そんなクソみたいな国の王子だと？

なんで俺がそんなもんにならなきゃいけねえんだ！

何がユーゴー・バン・レングザンドだ！

俺は、そんなもんよりも、夏目健吾でい続けたかった！

だから思った。

これは、悪い夢なんだと。

夢ならもう何してもいいだろ？

悪夢なんだからぶち壊す勢いで滅茶苦茶にしちまえばいいだろ？

それでうまくいかねえのならこんなクソみたいな世界で生きてる理由すらねえ。

少しでも楽しくなれば御の字。

どうにもならなければやっぱクソみたいな悪夢。

俺にとってこの世界はそんなもんなんだよ。

「ああ、それでもな、岡ちゃんに会って、てめえらに会って、その時は結構嬉《うれ》しかったんだぜ？」

前世の世界を知る同士に会えて嬉しかったのは本当だ。

「だが、この世界に馴染《なじ》んで楽しそうにしてるてめえらを見て、腹が立った」

なんでこいつらは前向きに生きてるんだ？

この世界で生きていくことを受け入れて。

俺には、受け入れられない。

一成が生きていればそれも受け入れられたのかもしれない。

あいつがいれば、「健《けん》はしょうがねえなぁ」と言いつつ、ありのままの俺を受け入れて、俺の愚痴に付き合ってくれただろう。

そんで、散々愚痴ってスッキリして、前を向けたかもしれない。

だが、一成はいない。

「かわいさ余って憎さ百倍ってな。裏切られた気分になって憎しみが募った。山田を特に敵視してたのは、あいつがてめえらの中心だったからだな」

同じ王子なのに。

なぜ、俺とあいつではここまで差がついた？

理不尽だ。

少しくらい、俺と同じ苦しみを味わえばいい。

「下らねえ理由だろ？　軽蔑《けいべつ》したか？」

「うん。ぶっちゃけただの八つ当たりじゃん」

「そうだな。その通りだよ」

首だけで振り返れば、漆原の冷めきった目と視線が合う。

だが、どう思われていようがそれすらどーでもいい。

何もかもがもうどーでもいい。

生きるのも、死ぬのも、もはやどーでもいいのだ。

「とりあえず、あれよ」

「あん？」

漆原が俺の肩に手を置き、強引に俺の体を反転させる。

「ふん！」

「おぐっ⁉」

こいつ！

さっきもそうだが気軽にぶん殴りやがって！

「あんたのそのねじ曲がった性根をまっすぐに叩《たた》き直さなきゃね！　直っても罰として一生殴り続けるから！」

「……なんだそりゃ。一生って。新手のプロポーズか？」

「ふん！」

「ぐっ⁉」

だから、ポンポン殴るんじゃねーよ。

……ああ、痛えな。

幕間　ユーリ

「フェルミナさん」

部屋に戻ったあたしは後ろからついてきていたフェルミナさんに声をかけた。

この人とはあたしが洗脳されていた時からちょくちょく顔を合わせている。

帝国軍とは別の組織の人間だということは知っていたけど、まさかそれが魔族軍だったなんてね。

そんなことにも気づけなかったなんて、洗脳されていると視野狭窄《きょうさく》にもなるみたい。

だからそれを反省して、いろんな角度から物事を見ないと！

「さっきシュンくんが話してたこと、事実なの？」

フェルミナさんの目を覗《のぞ》き込みながら問いかける。

フェルミナさんはあたしを避けるように上体を少しのけぞらせたけど、その分あたしも顔を近づける。

「……いや、近い」

「答えて」

「答えるから、その、離れてくれません？」

まっすぐに目を見つめていたのに、顔を背けられてしまった。

答えてくれるという言葉を信じて一歩後ろに下がる。

信じる心は大切ですからね。

「……最初に断っておきますが、私はご主人様や魔王様の口から聞いただけで、それを事実かどうか知る身ではありません」

フェルミナさんは溜息《ためいき》を吐きながら居住まいを正し、そう切り出した。

「この世界の現状やシステム、過去の出来事に関して、それが事実かどうか確認する術がないので」

「たしかに」

言われてみればその通りで、それらがいくら人づてに伝えられたとしても、事実だと確認する術はない。

前世でもネットには情報が溢《あふ》れていたけれど、その真偽はあやふやなものが多かった。

それどころか、学校で教わることだって、それが本当に事実なのか、あたしたち自身には知る術はなかった。

歴史は実際にその時代のことを見たわけでもないし、化学だって原子を直接目視したわけでもない。

そう考えると、何が事実なのかを信じるのが重要な気がしてくる。

「それでもよろしければ私が聞き及んだことをお話ししますが？」

「お願いします」

「わかりました」

そうしてフェルミナさんは自身が知ることを一通り語ってくれた。

フェルミナさんは語り上手というか、要点をわかりやすく、かつ私情や私見を交えずに淡々と語ってくれた。

おかげであたしも語られた内容をすんなり飲み込むことができた。

「私が知っていることはこのくらいよ」

「そう。ありがとう」

話を聞き終えて、あたしは天を仰いだ。

ああ、頭の中がごちゃごちゃしてまとまらない。

こういう時は……。

「え？　あ、あなた何してるの⁉」

フェルミナさんが叫んでいるけど、これをやるととても落ち着くの。

あたしがしたのは爪で手首を切ったこと。

いわゆるリストカット。

「止血！　いえ！　治療魔法で！」

フェルミナさんの素早い対応で傷は一瞬で治されてしまったけれど、流れた血と痛みの余韻は残っている。

スッと爪が肌を傷つけた瞬間の冷たさのおかげで冷静さを取り戻せる。

その後ににじんわりとにじむ痛みと傷の熱さが安心感を与えてくれる。

最近はご無沙汰《ぶさた》だったけれど、昔はよくこうして落ち着いていた。

この世界は治療魔法があるから、痕《あと》も残らず消せて便利よね。

《熟練度が一定に達しました。スキル『痛覚軽減ＬＶ８』が『痛覚軽減ＬＶ９』になりました》

「ああ……」

声が、聞こえる。

神様の、声が！

「そう。事実がどうあれ、神様はいらっしゃる！　神様の声が聞こえる！」

両手を天に伸ばす。

天井しか見えないけれど、その先の空に向けて、高々と！

「あたしの信仰は、ここにある！　神様！　ああ神様！」

神様はいる。

神様の声は聞こえる。

何が事実なのか、それはわからないけれど、これだけはあたしの中で確固たる事実！

たとえ神言教が虚飾にまみれた宗教だろうと、あたしのこの神様への信仰心だけは本物！

悩む必要なんてなかった！

初めから答えは出てて、あたしの信仰心はみじんも揺らいでいなかったのだから！

「称《たた》えましょう！　信仰しましょう！　神様！　その御名を！　サリエル様！　ああ！　サリエル様！」

ああ！　その尊い御名を口にできるこの喜び！

誰かと分かち合いたい！

「フェルミナさん！　あなたもご一緒に！」

「え⁉　あ、いえ、え、遠慮しておくわ……」

そんなー……。

5　ワールドクエスト

それは唐突に来た。

魔王と黒が和解し、空気が弛緩《しかん》したその直後。

魔王の表情が再び険しくなり、同時に吸血っ子と鬼くんが驚いたように中空に視線をさ迷わせ、耳を澄ませるような態度をとった。

この時点で私はイヤな予感を覚えましたよ、ええ。

すぐさま分体にシステムのハッキングを命令。

天の声（仮）の履歴を見てみる。

この場にいる三人の様子から、たぶん何かしらの啓示が天の声（仮）からあったんだと思うんだよね。

そしたら、ビンゴ。

えーと、何々？

ワールドクエスト発動。

世界の崩壊を防ぐため人類を生贄《いけにえ》に捧《ささ》げようと画策する邪神の計画を阻止、もしくは協力せよ。

……あー、Dめ。

派手にぶっこんできたな！

だあああー！

あー、もう！　やってくれたな！

なんかしてくるだろうとは思ってたけど、ここまで大胆に干渉してくるとは。

これ邪神って、私のことだよね？

邪神の代名詞はDだろ！　あの邪神め！

そりゃね、Dからしたらこのままっていうのは面白くないよね。

だからこの結果は想定内。

想定内だけど、だからと言ってムカつかないわけではないのですよ。

今から殴るからな！　殴るよ！　って言われて身構えてて、実際殴られたらそりゃ痛いしムカつくに決まってるじゃん。

私の理想は、このまま何事もなく裏で暗躍して結果に直結することだった。

まあ、要するに誰《だれ》にも気づかれることなくシステムぶっ壊せればそれで私の勝ちだったわけだ。

人々が気づいた時にはシステムは崩壊し、その余波でまあ、死にまくるけど世界と女神は救われるっていう。

被害甚大な人類からしたらとんでもない大災害が、何の前触れもなく起こったような感じになっちゃうけど、私としてはそれが一番楽で障害がない。

けど、そんなことをあのDが許すだろうか？

イヤ、ない。反語。

ゲームで言えばラスボスが暗躍してて、主人公がヒントもないからそれに気づくことなく、唐突にゲームオーバーになるようなもん。

なんというクソゲー。

そういうのはどっかしらに、ラスボスが暗躍してるよ！　止めないとまずいよ！　っていうヒントがあるもんじゃん。

そして主人公たちはラスボスのたくらみを潰《つぶ》すために立ち上がるのだ！

いくら何でもヒントなしでいきなりタイムリミット設定されてて、関係ないところで冒険してたら急にゲームオーバーになりましたじゃあ、ゲームとして成り立たない。

けど、ラスボスからしてみたら、そのほうが楽なんよねー。

なんで好き好んで敵対するかもしれない相手にヒントあげなきゃならんのさ？

黙って暗躍してたほうがいいに決まってるじゃん。

ゲームって悪役側に不利すぎると思うんだ。

そして、ここはステータスだとかゲームっぽい要素があっても現実。

じゃあ、ゲームみたいにする必要もないよね？

暗躍暗躍。

ふはは、気づいた時にはもう手遅れさ！

って、そう、したかった、なー……。

この世界はゲームじゃない。

けど、神の遊戯盤ではあるんだよなー。

はた迷惑なことに。

これでゲームとしてちゃんと成り立つ条件が整っちゃいましたよ。

さて。

私がゲームのラスボスとすれば、それに敵対する勢力は誰か？

まず、教皇。

教皇は人類、その中でも特に人族のために動いている。

人類の守護者と言っても過言じゃない。

その人類に仇《あだ》なすことをしようとしている私とは、確実に敵対する。

説得とか考えるだけ無駄。

あの魔王が精神の化物と称するだけあって、その意志を挫《くじ》くことは不可能だもんよ。

年季の入りまくった頑固オヤジは馬の耳よりも聞く耳もたん。

教皇の厄介なところは、絶対に敵対するとわかったうえで、支配者スキルの一つ、節制を持っていること。

システムの裏メニュー、システム崩壊のキーとなる支配者権限の一つを所持している。

七大罪スキルと七美徳スキルに備わっている支配者権限。

その支配者権限というキーをすべて開けることによって、システムの崩壊は引き起こされる。

力技でそのキーをこじ開けることも、今の私にならできなくはない。

けど、それをしたら後にどんな悪影響が出るか予測ができないのも事実。

だから、安全策をとるならば、全《すべ》ての支配者権限を掌握しておきたい。

その一つを敵側に握られてるっていうんだから、厄介極まりない。

節制の支配者権限を得るには、教皇を説得して譲渡してもらうか、もしくは教皇を亡き者にするか。

だーかーらー、説得とかムリだって言ってるだろ！

というわけで、教皇の未来は確定っと。

あと敵対するのが確実なのは、バルト。

これまで魔王の補佐をずっとしてきた男。

意外？

これがそうでもない。

バルトは魔族のために身を粉にして働いてきた。

方向性は違うけど、教皇や同じく魔族のために奮闘していたアーグナーに通じるところがある。

バルトが魔王に従っていたのは、それが魔族にとって最良だと判断したから。

魔王という絶対的な脅威に敵対するよりかは、迎合してその矛先が魔族に向かうのを避けていただけ。

魔族の存亡にかかわるというのであれば、その原因である私と敵対する覚悟も決めるはず。

魔王に挑んで全滅するか、人族と戦争して多大な犠牲を出しながらも生きながらえるか、その難しい選択を決断したバルトであれば。

……胃に盛大に穴が開くかもしれないけど。

教皇とバルト。

人族と魔族の代表がともに敵対するのは確定。

それはつまり人族と魔族の大部分が敵対することを意味している。

まあ、人族と魔族両方を指し示す人類という単語が使われている時点で、その代表者が対処に当たるのは自明の理というもんですよ。

けど、それよりももっと、最大の問題となる人物がいる。

「ふうー」

その人物、目の前にいる黒、管理者ギュリエディストディエスは、天を仰ぎながら深々と溜息《ためいき》を吐いた。

黒が天を仰いだまま言ってくる。

「……おそらくそういうことなのだろうなという予感はあった。システムを崩壊させればこの世界は救われる。貴様らが提唱したその世界救済の方法に嘘《うそ》はないのだろう。だが」

そこで黒は一度言葉を切り、私の顔をまっすぐに見つめてくる。

「この詰んでいる一歩手前の世界の状況で、なんの犠牲もなく全てが丸く収まる方法があるはずもない」

そう言いながら、ゆっくりと立ち上がる。

それに反応して魔王や鬼くんも立ち上がり、にわかに緊張感が漂う。

吸血っ子？　あいつはほら、私の糸でぐるぐる巻きにされてるから……。

「アリエル。先ほどの話の続きだが、私の償いの仕方はこれまでと変わらない。愚直にサリエルの意志を尊重し続けるだけだ。これまでも、これからも。だから」

　そこで黒はいったん私から視線を外し、魔王のことを見つめる。

「サリエルの意思を踏みにじろうとするのなら、それが誰《だれ》であろうと許しはしない。それでも、やるのだな？」

「うん。もう決めたんだ。ごめんね」

　黒の問いに、魔王は間髪容れずに答えた。

　その即答が魔王の覚悟の深さを物語っている。

「謝るな。むしろ謝るのは私の方だ。こうなったのもまた、私が不甲斐《ふがい》なかったからだ」

　黒は優しげに、しかし寂しげに、笑った。

「すまんな」

　黒はさっきから謝ってばかりだけど、その一言は今日一番のいろんな意味と感情を込めた謝罪だったんだろう。

　そして、それを断ち切るかのように黒は表情を消し、魔王から視線をそらして再び私を見据えた。

「かつて、私が言ったことを覚えているか？」

　そんなことを言われても、どの時に言ったことなのかわからんて。

「君の為《な》す事の先に、私と相容れない結末があるのであれば、私は君の前に立ちふさがるだろう」

　私の思いが通じたわけではないだろうけど、黒は間を置かずにその時に言った言葉を口にした。

　その言葉は、サリエーラ国とオウツ国が戦争した時、もっと言えばそこに魔王が乱入してきて私とドンパチやった後に、黒が訪ねてきて言ったものだった。

あの時、私は魔王と敵対していて、黒は魔王に一度だけ手を貸した。

それでも生き残った私に、詫《わ》びを言いに来たんだったな。

ついでに魔王への手出しはやめてくれないかって提案をしに。

その時私は黒の提案を突っぱねたわけだけど、そしたら何もできない自分に落ち込んじゃったんだよね。

そんで見かねた私は「汝《なんじ》の為したいように為すがいい」って、どっかの邪神風に助言した。

その言葉で黒は持ち直したわけだけど、その直後に忠告として贈られた言葉が、これだった。

「今がその時のようだ」

……だと思ったよちくしょう！

私と黒、動き出したのはほぼ同時。

黒がまっすぐこちらに突っ込んできて、その拳《こぶし》を振るう。

鬼くんがその間に割って入ろうとしたけど、間に合わない。

正真正銘の神である黒のスピードには、鬼くんでさえ追いつけない。

弱体化した魔王ならなおさらで、反応さえできていなかった。

コンマ零何秒とかそんな世界の中、私はとにかくできうる限りのことをした。

それは目の前の黒に対してではなく、それ以外の雑事いろいろに対して。

当然そんなことをしていれば黒に対処できるはずもなく、私の胸はあっさりと貫かれた。

ちょうど心臓があるだろう位置を、黒の腕が貫通している。

普通だったら即死。

「この程度で貴様が死ぬとは思っていない」

だが、当然神である黒はその程度で私にとどめを刺せたとは思わず、さらなる追撃をしてくる。

一瞬で景色《けしき》が塗り替わる。

どことも知れないちょっと近未来的な街中の道路の上に私たちはいた。

魔王たちはこの場にいない。

それどころか都会チックな場所なのに私と黒以外人っ子一人いない。

空間転移。

イヤ、ここはたぶん現世ではなく、異空間内に作られたフィールドか。

私が分体たちを収納しているマイホームと同じようなものだ。

その異空間の硬い道路の上に投げ出される。

ぐえっ！

神とは言っても肉体を破壊されればそれだけのダメージがちゃんとある。

私は新人神様なんだから、それはより顕著だったりする。

心臓を潰されればそれだけダメージもでかい。

死にはしないけどな！

……よくよく考えてみたら神になる前から木っ端みじんになったり、首だけで海を漂ったりしてるし、心臓貫かれたくらい軽傷なのでは？

まあ、実際このくらいなら平気平気。

だからといってそんなボコスカやられたいとも思わないけどな！

クッソ！　こいつ容赦ないな！

まあ、いつかこうなるんじゃないかっていうのはわかっていたこと。

結局のところ何を優先するかっていう話で、それがお互いに違っている。

私と魔王は女神の存在。

黒と女神は女神の意志。

女神の存在を救って、女神の意志をないがしろにしようとしている私たち。

女神の意志を尊重して、女神の存在が消え去ることを黙認している黒たち。

それが相反している以上、ぶつかり合うのは必然。

そうなんだよなー。

問題を一番ややこしくしているのは、その女神なんだよなー。

こっちは女神を救うためにいろいろしているっていうのに、その女神は自分そっちのけで人類のためにその存在を消滅させようとしている。

救おうとしているその本人が、救われようと思っていない。

しかも、救おうとするその手段が、女神の意に反する人類の大虐殺。

そりゃ、女神さん激おこですわ。

私たちのやろうとしていることって、傍から見れば悪だろうね。

けど、それでもやる。

だって、魔王がそう望んだんだから。

世界の全《すべ》てを敵に回してでも、救った本人から恨まれても、それでもやるって決めたのは魔王だから。
そんな魔王に、味方がいてもいいじゃないか。
そう覚悟を決めてたんだけどさぁ！
いくらなんでもこれは酷《ひど》いと思うな！
いつか黒とはぶつかり合うにしても、もうちょっと先のことだと思ってたからさ！
こっちはいろいろとまだ準備不足だってーの！
こちとらエルフとの戦いの後始末がまだ終わってないバタバタした時期なんだよ⁉
そのタイミングで仕掛けられたら万全の状態で迎え撃てるわけないじゃん！
おのれＤめ！
そうやってすーぐ私の不利な状況にしようとしてくるー！
こっちを踏み砕こうと振り下ろされた黒の足を、横に転がって回避する。
ドゴン！　という派手な音がして、黒の足がさっきまで私がいたところにめり込んだ。
綺麗《きれい》に整地された地面に罅《ひび》が入る。
地面が木っ端微塵《みじん》に砕けないからといって、なめちゃいけない。
ここは黒が作り出した異界。
通常の物理法則でものを考えていると、痛い目に遭う。
たぶん、あれくらってたら全身の骨が粉々になってたね。
転がりつつ、地面に手をついて跳ね起きる。
胸に開けられた大穴は治った。

この程度の瞬間再生は神のたしなみってやつですよ。

けど、ちょっとストップストップ！

顔面に迫った黒の拳を、上体をのけぞらせて何とか回避！

イナバウワー！

もしくはマトリックス！

そのまま地面に手をついてブリッジ！

エクソシスト走りで離脱！

気持ち悪い？

そんなこと気にしてられるか！

ちょっと黒さん、あんた容赦なさすぎだろ！

Dの発したワールドクエストとやらを聞いてからの即座に敵対、からの自分の領域に引き込みーの、立て直す暇も与えずに攻勢って。

それ格上がやっていいことじゃねーから！

格上ならどこぞの金ぴかみたいに慢心してろよ！

あーた王どころか神でしょうが！

カサカサと逃げる私に、黒が一瞬で追いつき背中を蹴《け》り上げる。

ぐっふおう！

なんかちょっと人体から出ちゃいけない音が聞こえた！

ちょっと本気でシャレにならないんですけどー!?

蹴り上げられ、空中に投げ出された私の体を、黒の拳が打ち抜く。

胸の真ん中を捉《とら》えたその拳は、私の体を再び貫通していた。

ははは。

防御結界張ってるのに意味ねー。

笑いごっちゃないがな。

ちょっとこの状況は本格的にやばい。

まるで水中にいるみたいに体の動きは鈍いし、防御はろくにできないしで。

体の動きが鈍いのは、ここが黒のフィールドだから。

主である黒以外はこの場にいる限り、力を発揮しきれない。

そして、防御が意味をなさないのは、黒の結界に私の結界が消されているから。

これが本物の龍種《りゅう》だけが持つ、本物の龍結界。

全ての魔術を問答無用で無効化する、チート結界である。

防御に使えば攻撃系の魔術を無効化し、攻撃に使えば今みたいに相手の防御を無効化できる。

まさにチート。

ずるい。

そんなチート能力持っていながら、万全の態勢で殺しに来ている。

こっちは逆に万全とは程遠いっていうのにさ！

慢心しない格上とかやってられないっすわー。

黒といつか雌雄を決する時が来たら、まずは私のフィールドに誘い込むつもりだったのに、完全に逆のことされちゃってるじゃないですかー。
ないわー。
ふう。
文句を言ってても始まらない。
こうなっちゃったもんは仕方がない。
いろいろと予定外過ぎるけど、私のやることに変わりはないな。
黒をはっ倒して世界再生計画を始動させる。
「む」
私の胸を貫いている黒の腕を掴《つか》む。
同時に下半身を蜘蛛《くも》型に変化させ、前足の鎌で切り付ける。
黒は私の手を振りほどき、腕を引っこ抜いて後退。
フィールド効果のせいで動きの鈍った鎌を、悠々と避けた。
龍結界があるんだから、避けなくても問題ないだろうに。
それだけこっちのことを警戒してるってことか。
まあ、おかげで距離を空けることはできた。
ここは黒のフィールドだから、距離を空けることに意味なんてさほどないけど。
そも神が作り出したフィールドっていうのは、その神の体内にいるようなもん。
自分を有利に、相手を不利にする。
ここにいる限り、黒の優位は覆らない。

ま、私がいつまでもやられっぱなしになってるわけはないんだけど。

カサカサと、私の足元の影から白い蜘蛛が這《は》い出してくる。

いくつもいくつも。

白い蜘蛛はまるで空間を食い漁《あさ》るかのように、出てくるたびにフィールドを歪《ゆが》めていく。

「させん！」

黒が拳を構えて突進してくるけど、白い蜘蛛は四散していく。

もちろん本体である私も後退して黒の攻撃を避けている。

四散した白い蜘蛛たちは、さらに白い蜘蛛を呼び寄せ、呼ばれた蜘蛛がまたさらに白い蜘蛛を呼び寄せる。

鼠算式に増えていく白い蜘蛛。

そいつらが黒のフィールドを食い破っていく。

「これほどか」

けけけけけ！

私がただでボッコボコにされてるとでも思ったか！

……嘘《うそ》です。

割とガチでボコられてました。

が、ちゃんと分体を動かして、こうして外側から黒のフィールドに侵入する手筈《てはず》は整えていたのだ！

穴の開いた胸をもとに戻していく。

ふ、戦いはここからが本番だ！

ボコられていたなんてものは私のログにはない！

「ちっ！」

黒が舌打ちする。

私の本体に向けて突進してくるけど、私はどんどん後ろに下がって距離を縮めさせない。

黒の突進速度と私の後退速度が拮抗《きっこう》する。

さっきまでの体の動きの鈍さはもうない。

空間魔術の使い手同士の戦いは、陣取り合戦の様相を呈する。

いかに自分のフィールドを広げ、相手のフィールドの広がりを防ぐか。

そして今、私の分体である白い蜘蛛たちが、ものすごい勢いで黒のフィールドを塗りつぶし、私のフィールドへと変換していっている。

ふはははは！

だてにこれだけ極めちゃいないってもんよ！

特化型なめんなよ！

黒が高速で迫ってくるのを、私は同じ速度で後退することによって、逃げる。

その間にも分体が別の分体を召喚し、黒のフィールドを塗り替えていく。

空間魔術の扱いでは私が一歩上を行っているみたいでホッと一安心。

ここで負けていたらお話にならない。

空間魔術で最低でも拮抗できなければ、その時点で詰みなんだから。

このフィールドに引きずりこまれた直後の私の醜態を思い返せば、いかにフィールドというものが凶悪なのかわかるってもんよ。

自分にバフをかけて、相手にデバフをかけるようなもんだからね。

抵抗する手段がなければ、為《な》す術もなくやられちゃう。

だから、空間魔術は神において必須《ひっす》の技能。

ここまでは格上の神と戦う前提条件。

スタートラインに立ったに過ぎない。

空間魔術が同等以上でなければ、戦う資格さえない。

私のほうが上回っていたのは嬉《うれ》しいことだけれど、それも最初の攻防によるダメージで相殺されちゃってるようなもん。

初動が遅れた分、私のフィールドの展開は遅い。

黒のフィールドを侵食できてはいるものの、その速度はじわじわって感じ。

長期戦を覚悟しなければ、完全に塗り替えるのはムリだね。

でだ、今の私の状況はというと、とーってもまずい。

空間魔術が同等以上っていうのが前提条件。

それは満たすことができた。

けど、初動の差でこっちはダメージを負い、本来なら私のフィールドにおびき寄せるはずだったのが、逆に黒のフィールドからスタート。

加えて、黒は格上。

格下の私が黒に勝つためには、私のフィールドで有利に立ち回らなければならない。

それができてないんだから、ヤバイ。

「むっ⁉」

ビルとビルの間に張り巡らされた糸が、黒の体をからめとる。

分体があらかじめ設置しておいた蜘蛛の巣《す》。

もちろんただの糸じゃありませんとも。

空間魔術を併用し、物理的にはほぼ切断不可能な糸。

これに捕まったら最後、抜け出すことはできない。

はずなんだけどなー。

黒が腕を無造作に払う。

たったそれだけの動作で、私自慢の糸がプツッと切られ、消滅していく。

チート結界め！

私の糸は魔術によってできている。

つまり、全《すべ》ての魔術を問答無用で消去してしまう、黒の龍結界には通用しない。

わかっちゃいたことだけど、糸に絡まって身動き取れなくなる神様なんていう面白映像は披露してくれませんか、そうですか。

まあ、それはできたらいいなー、くらいの気持ちで、本命は時間稼ぎなんだけどね。

黒が糸に気をとられた一瞬の隙をついて、私はさらに距離を稼ぐ。

今はとにかく時間を稼いで、黒のフィールドを私のフィールドに塗り替えるのが先決。

反撃はそれからでも遅くない。

ていうか、できないっていうか、そこまで手が回らない！

なんてったって私の手札は少ない。

たぶん神を名乗るにはあまりにも貧弱。

すなわち空間魔術、分体、邪眼。

これだけ。

空間魔術で作り上げた私のフィールド、マイホームにこもり、無数の分体から同時に邪眼を浴びせかける。

私ができる攻撃手段はほぼこれだけと言っていい。

短期間で身に付けられる、本物の神様とやりあえるだけの手段がこれしかなかったっていうのもある。

そりゃー、神になりたてのド新人ならぬド新神の私が、その道の大ベテランである黒に対抗するためには、なにか一つだけを極めて一点突破を図るしかないってもんですよ。

下手《へた》にあれもこれもって手を出しても、中途半端に終わるのは目に見えていた。

だから得意な空間魔術と邪眼、この二つを重点的に伸ばしたのだ。

ただ、これは結構博打《ばくち》なんだよね。

なんせほぼ邪眼による一種類しか攻撃手段がないから、それにメタを張られるともう私の勝ち目はなくなる。

そうそうメタられるものではないと信じたいところだけど、その可能性がないわけではなかった。

だからポティマスの兵器と戦う時、できれば見せたくはなかったのだ。

試しに分体の一つに黒に向けて邪眼を放ってもらう。

「っ！」

お？　効いたか？

今の黒の様子を見る限り、邪眼対策はできていない。

そこはまあ一安心ではあるんだけど、現状分体はフィールドの塗り替えの方を優先させなければならないので、邪眼を放っている余裕がないのである。

やっぱり初動の差がでかい。

おかげでマイホームも邪眼も封じられて、守勢に回らされてるんだもん。

けど、裏を返せば、不利な状況に追い込まれてもなんとかやれてるってことなんだよな。

初動でボコられてごっそり魔力失ったけど、立て直しがきくくらいで済んでる。

正直、最悪一発くらったら即死くらいありえるって覚悟してただけに、この程度のダメージで済んだのは僥倖《ぎようこう》。

思ったよりも黒の攻撃能力は高くない。

接近してこようとしてきてるあたり、遠距離攻撃で威力の高いものはなさそうだし。

龍結界のこともあるし、どうやら黒は防御型の神だな。

神っていうのは理不尽な存在である。

だって、傷をつけても瞬く間に元に戻っちゃうんだから。

黒に傷つけられた私の体も、すっかり元通りになっている。

物理的に神をどうにかするのはものすごく大変。
心臓潰《つぶ》そうが頭吹っ飛ばそうが、すぐに元通りになって復活してくるんだから。
もちろん、頭吹っ飛ばされればいくら神だって、一瞬思考能力を奪われる。
けど、あらかじめ対策をしておけば、自動復活することは容易。
私だって対策してあるんだから、神を名乗る連中は絶対対策してるに決まってる。
そんな神を倒すには、いくつかの方法がある。
大別すると大体二種類。
削りきるか、魂を砕くか。
私が知る魂を砕く代表例が、外道攻撃と深淵《しんえん》魔法。
神を倒しうる手段をサラッとスキルとして仕込むD。
そこに痺《しび》れないし憧《あこが》れない。
なんてことをしてくれやがってるんですかねー、あいつ。
で、こっちの手段は、私には高度すぎてできない。
そんなもんをサラッと神でもない人々に使わせるD。
そこに痺れないし憧れない。
なんてことをしてくれやがってるんですかねー、あいつ。
大事なことなので二回言いました。
魂っていうのは生物の核そのもの。
いくら神でもこれを砕かれたら生きていけない。

ていうか、神の本体みたいなもんだし。
神々の戦いの主流はこっち。
魂を砕く手段を持って、それを防ぐ手段を持つ。
相手に通用する手を模索して、それを叩《たた》きこむ隙を窺《うかが》う。
そんな感じらしい。
が、私にはそんなものできましぇーん。
こちとら裏技で神になったようなもんで、下積みがないんじゃ。
というわけで、私の取れる手段はもう一個のほう。
削りである。
何を削るのかって？
エネルギーです。
エネルギーは神の原動力。
魂が神にとっての心臓だとすれば、エネルギーは血液。
それを使って様々な奇跡を引き起こしている。
瞬時に傷ついた体を再生させるのだって、このエネルギーを使っている。
エネルギーが尽きていれば、当然それはできなくなる。
つまり、死ぬ。
私は邪眼によって、そのエネルギーを奪い取ることに特化している。
毒を流し込むかのように、じわじわと相手を追い詰める。

ただなー。この方法には問題がありまして……。
というのもね、神って膨大なエネルギーを貯めこんだ連中のことをいうわけじゃん？
でもって、そのエネルギーを枯渇させなきゃいけないわけじゃん？
メッチャ時間かかるよね？
そうなんですわー。
この削りという手段、とーっても時間がかかる。
しかも黒は龍《りゅう》結界持ち。
完全に邪眼を防ぐことはできないだろうけど、削る速度はどうしたって遅くなる。
しかも、私はその前準備のマイホーム建築でてこずってる現状。
黒も私を一瞬で倒すような火力がない。
以上、導き出せる結論。
超長期戦突入。
どっちが先に力尽きるかっていう、耐久マラソンの始まり。
ふ、ふふ。つれーわ……。
いったい決着がつくまでに何日かかるかな？
下手《へた》したら一月《ひとつき》とかかかるかも？
さすがに年単位はかからないと思いたい。
ていうかそこまでかかるとなると私が先に力尽きると断言できる。
その前に黒が力尽きるよう、立ち回らねば。

私がこの異空間に飛ばされる前に、いろいろやってたのはこの戦いがものすごく長期戦になるからなんだよ。

私がこの戦いにかかりっきりになるからには、やり残したことを急いで処理せねばならなかったのだ。

まあ、そのせいで黒に先手を譲ることになっちゃったんだけどね。

それに急いで処理したから、残されたみんなにほぼ丸投げのような形になっちゃった。

とは言え、これ以上のことはできないし、なんとか残ったみんなでどうにかしてほしい。

もちろん気になるけど、こっちはこっちで気にかけてる余裕はないからね。

なんてったって相手はこの世界ぶっちぎりで最強の真なる神、黒。

私が戦ってきた中でもぶっちぎりで最強の相手。

はっきり言って新神である私が挑むのは無謀ともいえる相手だ。

でも、こっちは神になった時からずっと、あんたを意識して鍛え上げてきたんだ。

そう簡単にやれると思ってもらっちゃ困る。

この勝負の行方《ゆくえ》が、世界の行く末を決めるといっても過言じゃない。

さあて、ここで白黒つけようじゃないか！

……一応保険はかけとこう。

S4　変わる居場所

気づいたら見ず知らずの場所にいた。

「んぇっ⁉」

あまりにも突飛な状況に変な声が出た。

は⁉　ここどこだ⁉

俺は一瞬前までカティアと一緒にエルフの里にある家の一室にいたはずだ。

それが、今は海辺の砂浜にいた。

直前まで座っていた椅子が不安定な砂浜でバランスを崩して後ろに倒れる。

こんな時でも鍛えた体は無意識のうちに動いてくれて、何とか椅子と一緒に倒れこむことだけは阻止できた。

が、だから何だと言うのか。

コケるのを阻止したところでこの状況の解決には微塵《みじん》も影響しない。

倒れた椅子の横で俺は茫然《ぼうぜん》と海を眺めていた。

海だ。

エルフの里のあるガラム大森林は内陸にある。

海までの距離は一日二日でたどり着けるものではない。

それなのに、俺は瞬きするくらいの時間でここに移動させられていた。

俺は自分の頭の上に手を伸ばした。

その手が何かを掴《つか》む。

持ち上げて眼前まで持ってくると、それと目が合った。

白い蜘蛛《くも》だった。

ここに来る直前、なにかが頭の上にボトリと落ちてきたのは覚えている。

俺の感知系のスキルでもその存在を事前に察知できず、いきなり頭の上に落ちてきたからビクリとしたんだった。

その直後にこの状況だ。

犯人はこの白い蜘蛛に違いない。

が、その白い蜘蛛はと言うと、身動きせずじっとしている。

一応生きているようだが、まるで電池が切れたかのようだ。

試しに指で突《つつ》いてみても反応はなかった。

「お前、言葉はわかるか？」

これまた試しに聞いてみたが、白い蜘蛛は身じろぎ一つしない。

唯一の手掛かりがこれじゃ、俺がいきなりこの場に転移してきてしまった謎は解けそうもない。

俺は全く反応してくれない白い蜘蛛から意識を切り離し、改めて周囲を見回す。

眼前には一面に広がる海。

どこまでも水平線が広がっていて、島も陸も見えない。

後ろを振り向くと、砂浜の先には森が広がっていた。

どれほど深い森なのかは木々にさえぎられてパッと見ではわからない。

ただ、左右を見渡しても同じような森が続いていることから、浅い森ではないだろう。

「……参った」

これからどうすりゃいいんだとは思ってたが、別の意味でこれからどうすりゃいいのかわからない状況になってしまった。

……とりあえず、整理しよう。

ここに転移させられる前、俺はカティアと話し合っていた。

昨日《きのう》、俺が気絶してしまった後のことをカティアから聞いたり、禁忌について俺が話したり。

そう言った情報交換をしつつ、今後どうすればいいのか、その足掛かりでも見つかればと思っていた。

そこに、あの神言が届いた。


《ワールドクエスト発動。

世界の崩壊を防ぐため人類を生贄《いけにえ》に捧《ささ》げようと画策する邪神の計画を阻止、もしくは協力せよ》

これが聞こえたのは俺だけではなかったらしく、カティアも驚いていた。

かくいう俺だっていきなりのことに驚いた。

神言はレベルアップやスキルのレベルがアップした時など、決まったタイミングでしか聞こえてこない。

こんなふうにクエストという形で告知を行うなんてこと、今まで一度もなかった。

歴史的に見ても初めてのことなんじゃないだろうか？

少なくとも俺は歴史上、クエストとやらで神言が告知を出したなんて話、聞いたことがない。

そんな大それた出来事があったのなら、神言教の歴史に刻まれていてもおかしくないのに。

いや、むしろその歴史も消されているかもしれない、か。

禁忌の内容を広めないため、禁忌のスキル保持者を徹底的に葬ってきた神言教ならやりかねない。

ただ、俺が生きてきた中でワールドクエストとやらが発令されたことはなかったし、上の世代の人たちもそんな話をしたことがないからには、イレギュラーな事態に違いないだろう。

過去にもワールドクエストが発令されたことはあったのかもしれないが、ここ数十年はなかったはずだ。

つまり、よっぽどのことが起きている。

……のだが。

「見事に蚊帳の外に放り出されたわけか……」

転移してきたのはあのワールドクエストとやらが発令された直後だ。

ワールドクエストに驚いているところに、ボトリとこの白い蜘蛛が頭に落ちてきてさらに驚かされ、さらにさらにこんなどこかとも知れない場所に転移させられて……。

もはや驚くを通り越して呆然《ぼうぜん》とするしかない。

だが、いつまでも呆《ほう》けてはいられないだろう。

俺がここに転移させられたのは、間違いなくあのワールドクエストが関係している。

タイミング的にそれしか考えられない。

ただ、誰《だれ》が、なんのために？　と考えると、答えが出ない。

誰が、についてはは予測くらいはできる。

この白い蜘蛛が俺を転移させたのは確定として、その主だ。

この蜘蛛の白さは、誰かを彷彿《ほうふつ》とさせる。

脳裏にちらつくのは白い少女。

ユリウス兄様すらかなわなかった彼女なら、この状況を引き起こすことなんて容易《たやす》いのかもしれない。

ただ犯人のこの蜘蛛が白かったからという理由で、その主も彼女だと決めつけるのは早計かもしれない。

今は疑惑にとどめておくべきだ。

何も知らずに決めつけて行動するのが危険だということは、今日痛いほど分かったのだから。

……そうなんだ。

俺は、何も知らない。

知らないことが多すぎる。

だから一つずつ知っていく必要がある。

そう思っていたのに……。

この状況じゃそれすらできそうにないな。

どことも知れない場所に一人放り出され、帰る当てもない。

……そもそもこれ、生きていけるかどうかすら危ういんじゃないか？

身一つで放り出されたから、着ているもの以外何も持っていない。

武器もないし、食べ物だって持っていない。

水と食べ物がないと、俺、数日もしないうちに死ぬんじゃないか？

何とかそこらへんのものをどうにか手に入れないと。

でも、食べられるものが森にある保証はないし……。

そう思うと急に不安になってきた。

ここで呆然としていても仕方がない。

とにかく行動を起こさないと。

「ん？」

その時、かすかに何かが聞こえた気がした。

耳を澄ませると、やはり何か聞こえる。

しかも、その音はどうやらこちらに近づいてきているようだ。

それも、かなりのスピードで。

「お　に　い　さ　ま　あ　あ　あ　あ　あ　！！！」

「おわあ!?」

そして森から飛び出してきたのを、咄嗟《とっさ》に避けてしまった俺は悪くないと思う。

ダイビングしてきた勢いのまま砂浜にうつぶせに倒れたその人物に、俺は恐る恐る声をかけた。

「……スー？」

「はい！　お兄様の愛しの妹スーです！」

行方《ゆくえ》の分からなくなっていた妹のスーが、なぜかここにいた。

いろいろと聞きたいことがあったが、「ここではなんですから」というスーの言葉を聞いて、場所を移すことにした。

すぐ近くにスーが暮らしている家があるらしい。

なんでまたこんな場所に？　と疑問に思ったが、本当に森に入って割とすぐのところに開けた場所があり、そこに家が一軒ぽつんと建っていた。

訳がわからないが、それもきっとスーの口から聞けるだろうと、招かれるままにその家に足を踏み入れた。

「ようこそ、愛の巣へ」

スーがぽつりと意味不明の言葉を呟《つぶや》くが、ここに至るまでに俺の頭はパンク気味だったのでそれについて尋ねることはしなかった。

聞きたいこと、わからないことが多すぎて後回しにしたともいう。

まさか数分後に後悔することになるとは思わなかった。

「さあお兄様。私と一緒に暮らしましょう。ずっとずっと。永遠に」

この家に入って数分後、俺は妹に薬を盛られたうえに両手足を拘束されて身動きが取れない状態にされ、ベッドの上で服を剥《む》かれそうになっていた。

幕間　カティア

シュンが消えた。

シュンが、消えたぁ⁉

「え⁉　ええ⁉」

直前に聞こえてきたワールドクエストとやらの衝撃が吹っ飛んだ。

一瞬頭が真っ白になるが、こうしちゃいられないとハッとなって再起動。

すぐに行動に移す。

駆け込んだ先は、ユーリのいる部屋。

「ど、どうしたの？」

血相を変えて飛び込んできた私にユーリが驚いている。

が！　今用があるのはユーリではなく、もう一人の方！

「シュンが消えましたわ！　あなた方の仕業でしょう⁉」

「……はい？」

私に詰め寄られた白装束の少女、たしか、フェルミナという名前だったはず。

若葉さんの部下で、現状この家に残っている唯一の若葉さんの関係者。

他にも同様の白装束の隠密が何人か潜んでいるのは気づいているけれど、先ほどの若葉さんとこのフェルミナ嬢のやり取りから、おそらく彼女がこの場では最も位が高い。

シュンが消えたのはおそらく若葉さんたちの仕業だ。

というか若葉さんたちしかありえない。

白装束の隠密たちがきっちり見張っているのに、その目をかいくぐってシュンを転移させるなんて、それこその白装束の関係者でなければ不可能。

しかもタイミング的にワールドクエストとやらと関係がある。

あのワールドクエストとやらが聞こえてきたのは突然のことだったし、犯人がそれを聞いて動いたんだとしたら余計隠密の目をかいくぐっている暇なんてないだろう。

なんせ、シュンが消えたのはあのワールドクエストとやらが聞こえた直後だ。

とにかく、犯人は若葉さんの関係者で間違いない！

だが、私たちは今若葉さんたちの捕虜のようなもの。

ここはフェルミナ嬢に若葉さんたちへのつなぎになってもらい、穏便な話し合いに持って行かなければ！

「シュンをどこにやりましたのおおぉぉ⁉」

「うわ、やばいのが増えたわ……」

ああああ！

考えとは裏腹にフェルミナ嬢の襟を掴《つか》んで揺さぶってしまったー！

並列意思のスキルを得てからというもの、こうして思考と行動が一致しないことがある。

つまりはスキルを使いこなせていないということ。

並列意思のスキルは普段オフにしているはずだが、ふとした拍子にオンになっていて、こうして暴走する。

これはきっと『俺』が私の中にあった名残《なごり》なんだろう。

口調も脳内では割とごっちゃになりがちだ。

って！　今はそんなこと暢気《のんき》に考えてる場合じゃなかった！

お、穏便。

い、今からでも穏便に事を済ませられない、か？

「カティアちゃん」

内心テンパりまくってると、ユーリが私の手をそっとフェルミナ嬢の襟から離させる。

「掴むんならこっちじゃないと」

そしてなぜかフェルミナ嬢の首に誘導してきた。

「大丈夫。キュッとすればたいていの人は素直になるから」

「大丈夫じゃないんですが？」

……ユーリの言動にドン引きしたおかげで冷静になれましたわ。

というか、フェルミナ嬢も首を掴まれているのに冷静ですわね。

今も冷めた目でユーリを見つめ、「大丈夫じゃない」と言いつつ動じていない。

その貫禄《かんろく》すら感じさせる姿に、急に自分の慌てようが恥ずかしくなり、そっと手を離した。

解放されたフェルミナ嬢は乱れた襟元をササッと整える。

「……さて。状況をうかがいたいのですが？」

フェルミナ嬢のその落ち着き払った態度に、ビシッとスーツを着こなしたキャリアウーマンの幻影が重なる。

うぐぅ。これが、できる女！

私とそんなに変わらない年齢に見えますのに！

謎の敗北感に打ちのめされながらも、これ以上の失態は演じられないと、先ほど起こった出来事について語る。

とは言え、ワールドクエストとやらが聞こえて、その直後にシュンの頭の上に白い蜘蛛《くも》？　のようなものが落ちてきて、シュンが消えてしまったということだけですが。

「白い蜘蛛……。少々お待ちください。確認します」

フェルミナ嬢はそう言って何かを取り出した。

小さな白い蜘蛛だった。

やっぱり犯人はこの一味だったようだ。

「お聞きになっていましたか？　こちらに抗議が来ています。……ご主人様？」

フェルミナ嬢がその小さな白い蜘蛛に語り掛ける。

が、小さな白い蜘蛛は全く反応しない。

それまで一切表情を変えなかったフェルミナ嬢がサッと顔を青ざめさせる。

「申し訳ありませんが緊急事態のようです。事態が把握でき次第追って説明しますので少々お待ちください」

そう言うとこちらが止める間もなく素早く部屋を出ていってしまった。

スピードもさることながら、こちらの意識の隙間《すきま》をつくかのような鮮やかな動きだった。

フェルミナ嬢の動きは、ステータスなど見なくとも強者《つわもの》であるとわかるものだった。

私とユーリが騒いでいても動じなかった理由は、動じる必要がなかったから。

きっと、二人がかりでもどうにかできると、フェルミナ嬢は判断していたんだろう。

迂闊《うかつ》に敵対していたら危なかったかもしれない。

ユーリが変なこと言いだしてくれたおかげで、最悪の事態は回避できた。

そう考えるとユーリは私を正気に戻すためにあえてあんなことをしたのかもしれない。

「それで、どうやってシュンくんを拉致《らち》した連中を縊《くび》り殺すの？」

そんなことはなかった。曇りなき笑顔で怖いこと言いだした。

「いえ、縊り殺しはしないです」

「そうなの？」

「はい」

不思議そうに小首をかしげるユーリは、なるほど、元の素材がいいこともあって男心をくすぐりそうな感じでかわいい。

が、目のハイライトが消えてるというか、雰囲気というか。

とにかくちょっと怖い。

昔からユーリはちょっとこういうところがあったが、今日のユーリはさらに一段階パワーアップしている気がする。

……詳しく触れるのはよしておこう。

君子危うきに近寄らず。

ユーリのことはいったん忘れて、さて、どうしたものか……。

若葉さんたちを縊り殺すのはなしだ。

そんなことしようものならむしろこっちが縊り殺される。

かといってこのまま指をくわえてただ待ってるだけってのも……。

「あ！　シュンくんは転移でどこかに飛ばされたんだよね？」

私が考えこんでいると、ユーリが尋ねてきた。

「え、ええ」

「だったらあたし、ちょうどいい人を知ってるかもしれない！」

「ちょうどいい人？」

「そう！　空間魔法の権威、ロナント様だよ！」


「ふむ。無理じゃな！」

私とユーリはすぐさまロナント様に会いに行った。

やはりというか若葉さんたちもバタバタしているらしく、監禁場所でもあるはずの家を出ても何のアクションもなかった。

肝心のロナント様がどこにいるのかわからなかったが、家を飛び出してすぐに夏目とフェイに出くわし、その夏目が居所を知っていた。

夏目は腐っても帝国の王子で、ロナント様も帝国の筆頭宮廷魔導士だから、居場所を知っていたそうだ。

そしてシュンを追えないかとロナント様に聞いてみたのだが、その返答は芳しくなかった。

「どうして？」

ずいっとロナント様に迫るユーリ。

「シュレイン王子がどこにいるのかもわからんのじゃろう？　さすがに行き先がわからねば儂《わし》でもどうにもならん。せめて行き先がどこなのかわかれば追えるかもしれんのじゃが」

「行き先がわかればいいの!?」

フェイが勢い込んでロナント様を問い詰める。

ユーリとフェイ、二人に詰め寄られたロナント様は、どうどうと二人をなだめ、話を再開させた。

「行き先がわかっても追えるかどうかはわからぬ。転移は術者が一度行ったことのある場所にしか行けん。儂はいろいろな土地に足を向けたことがあるが、その儂でも行ったことがない場所にシュレイン王子がいるのだとすれば、追いようがないのう」

万策尽きたか。

他でもない、人族で最高の魔法使いと言われ、空間魔法を誰《だれ》よりも使いこなすロナント様がこう言うのだ。

「あ」

フェルミナ嬢の言う通り大人しく待っているべきかと思ったその時、フェイがポンと手を打った。

「召喚は？」

「召喚？　あ」

言われて気づいた。

そう言えばフェイはシュンと契約している！

フェイは人化しているものの、カテゴリーは魔物に属する竜で、シュンにテイムされている扱いとなっている。

その契約をしていれば、シュンはフェイを召喚することができる。

一方通行だが、フェイだけならシュンの元に行けるのだ。

「でも、フェイの側《がわ》から召喚ってできますの？」

「……できない」

駄目じゃん。

あくまでシュンの側から召喚してもらわないといけないようだ。

「山田が漆原を未だに召喚しねーってことは、危機的状況じゃねーんじゃねえか？」

夏目は面倒そうにそう言うが、

「シュン、召喚のことを忘れてるかもしれませんわ」

シュンがフェイを実際に召喚したことはない。

そもそもシュンはフェイとは対等な立場で接しており、一度も従魔扱いはしたことがなかった。

契約のこと自体を忘れ、フェイを召喚できることも忘れているかもしれない。

実際私は忘れていた。

「それに、召喚すら考えられないほど追い込まれているということもありえますわ」

「そんな回りくどいやり方するかねえ？」

夏目が懐疑的になるように、私もおそらくシュンは命の危機には瀕《ひん》していないと思っている。

若葉さんたちがシュンを殺そうと思ったのなら、転移などさせないでとっとと殺せばいいのだから。

別の何らかの目的でシュンをどこかに転移させたと思っていい。

「ふむ？　お嬢ちゃんはシュレイン王子と契約を交わしておるのかの？」

「んぇ？　そうよ」

「ふーむ」

ロナント様が何事かを考えこむ。

「ちょいとお嬢ちゃんのステータスを鑑定させてもらってもいいかの？」

「ステータス？　別にいいけど」

「それじゃ失礼して」

フェイが一瞬顔をしかめる。

鑑定された時の不快感のせいだろう。

それにしても、ロナント様はフェイのステータスを鑑定してどうするつもりだろうか？

「召喚……。転移……。ふむ。これを……。お？　おぉ！　これは、いけるか？　いけそうか？」

ぶつぶつとつぶやきながら何かをしている。

「おほう⁉　いける！　いけるぞ！　そうじゃ！　できぬとはなから決めつけていいことなんぞないのじゃ！　できるできる！」

え、こわ⁉

何この人、急にテンション振り切れてる⁉

「今ここに！　転移の新たな歴史が刻まれるのじゃ！」

バッと両手を広げるロナント様。

「召喚できるということはそこに転移の経路があるということ！　その経路を利用してシュレイン王子の居場所に転移する！」

まさか、そんなことができるのか⁉

だからロナント様はフェイのステータスを見ていたのか！

さすが人族最高の魔法使い。

ちょっとやばい人なのかと思ったけど、やっぱりすごい人だった！

「さあ！　いざゆかん！　シュレイン王子の元へ！」

直後、景色《けしき》が一転する。

「うわっと⁉」

急な出来事にたたらを踏むが、伸ばした手がちょうど何かを掴《つか》み、おかげで倒れずに済んだ。

しかし、目の前の光景に倒れずに済んだ安堵《あんど》の気持ちはすぐに吹き飛ぶ。

私が掴んだのはベッドの端だった。

そしてそのベッドの上では、両手足を縛られた少年が、今まさに服を脱がされている最中だった。

その半裸にされている少年はどう見てもシュンなんだが！

さらに言えば脱がせているのはどう見てもその妹のスーなんだが！

「な、何してるんですのおぉぉ⁉」

叫んだ。

そりゃ叫びますわよねぇぇぇ⁉

「婚前交渉はいけないわ！　神様にちゃんと結婚の報告をした後じゃないと！」

ユーリがちょっと論点のずれた叫びをあげている。

「そもそもスーちゃん妹だし結婚できないよ⁉」

フェイもテンパってるのか？

というか結婚うんぬんは今はどうでもいい！

「離れなさい！　不潔！　不潔ですわ！」

シュンの上にまたがったスーを突き飛ばす。

ベッドから転げ落ちたスーは、しかし受け身をとってすぐさま起き上がる。

「カティアー……。今、いいところ、だったのに、どうして、邪魔、するのー⁉」

声量自体は少ないのに、ものすごく重々しい怨嗟《えんさ》の声がスーの口から漏れ出てきた。

「当然よ！　結婚報告が神様にされていないんだから！」

ユーリ、だからそこじゃない……。

「そこじゃないでしょ⁉　ていうか兄妹であれとか普通にダメでしょ⁉」

「知らない女が増えてるぅぅ！　どうして兄様は節操がないの⁉」

「うぇえ⁉　あ！　そっか！　この姿でスーちゃんに会うのは初めてじゃん！」

スーがフェイに対してキレた。

そういえばフェイが人化できるようになったのはスーと別れてからのこと。

小竜の姿しか知らないスーから見れば、知らない女が増えたことになるのか。

いや、フェイの正体を知ってもそれはそれで問題があるかもしれない。

フェイ、小竜の頃《ころ》は普通にシュンの部屋にいたし、肩とかに乗ったり、かなり距離が近かったし。

「とりあえずシュンくんはあたしと神様に結婚報告しなくちゃいけないから返してもらうね」

スーがフェイに噛《か》みついている間に、ユーリがひょいとシュンを抱きかかえる。

「待ちなさい！　どうしてそうなりますの⁉」

どさくさに紛れてこの女！　なんてことを言いだすんだ⁉

前々からシュンのことを神言教に入信させようと誘っていたが、ついに直接結婚とか言い出したぞ⁉

入信もかなり露骨なアピールだったが、なりふり構わなくなったな⁉

ユーリの手からシュンを取り返すべく、シュンの腕を掴んで引き寄せようとした。

が、ユーリは抵抗してシュンの体をがっちり掴んで離さない。

「離しなさい！」

「いーや！」

「兄様は私のものです！」

引っ張り合いにさらにスーが参戦してきた。

三方向から引っ張られてシュンが苦しそうにしている。

「ちょっとちょっと！　ちぎれちゃうからやめなってば！」

さらにフェイまで参戦してきた。

いや、フェイの言うことももっともなんだけど、これは引けない戦いなんだ！

「……山田、お前、俺とは別の意味で苦労はしてたんだな」

「ほっほっほ。モテモテじゃのう。じゃがちゃんと一人に決めておかんといかんぞ？」

夏目とロナント様は見物客になっている。

シュンがそちらに助けを求めるように視線を向けるが、二人とも気づかぬふりをしている。

しかし、この期に及んでシュンが自分から動きもしないし喋《しゃべ》りもしないとは、何か薬でも盛られたな？

「スー！　あなたシュンに何か盛ったでしょう!?」

「ただの痺《しび》れ薬よ！　これで既成事実が作れると思ったのにぃ！」

「既成事実があっても神様は許しませんよ！」

「あー！　もう！　三人ともいい加減にして！　シュンの体からなんかブチブチ聞こえちゃいけない音してるからあぁぁ！」

ギャーギャー四者四様騒いで、もはや収拾がつかなくなってきていた。

その時。

《ワールドクエストシークエンス1。全人類への禁忌インストールを開始します》

またしても神言が聞こえてきた。

シュンが消えたドタバタですっかり忘れていた。

ワールドクエストという、本来ならば無視できないはずの啓示を。

直後、耐え難い頭痛が襲い掛かってきて、私の意識はあっさりと暗転した。

間章　残された魔王は

「すまんな、か……」

私はギュリエと白ちゃんが消えたその場をジッと見つめていた。

ギュリエとは長い付き合いになるけど、今生の別れになるかもしれないこんな時に言うセリフが、すまんな、か。

らしいっちゃらしいなと、苦笑する。

いつもそうだ。

ギュリエはいつだって申し訳なさそうにしていて、無駄に責任感が強いせいで負わなくてもいい責任までしょい込んで。

頑固で融通が利かなくて、不器用な奴《やつ》……。

願わくば、これが今生の別れにならないように……。

敵となってしまった友の無事を少しだけ祈り、気持ちを切り替える。

「さて。予定外のことになったけど、私たちの行動指針に変わりはない」

ワールドクエストとやらのせいで予定を崩されたけど、最終目標は変わらない。

すなわち、システムの崩壊を引き起こし、サリエル様を解放すること。

そのための準備は着々と進んでいた。

ほとんどが白ちゃん頼みで、この先のことも白ちゃんにほぼほぼかかっているけど。

その白ちゃんがギュリエに連れ去られてしまったのは、痛手だ。

「あの、指針は変わらないにしても、これからどうしますか?」

「現状だと動きようがないかなー」

残念なことに、すぐに動くことはできない。

それにはいくつかの理由がある。

まずワールドクエストとやらが今後どう展開していくのか読めないのが一点。

このワールドクエストを発令したのはサリエル様じゃない。

サリエル様が自発的にシステムに干渉してこのような発令をするとは思えないし、そもそもできるとも思えない。

ギュリエも違う。

となれば消去法で発令した人物は決まる。

D様だ。

私は会ったことすらないあの方がどう出るのか、はっきり言って読めない。

何が飛び出してくるかわからない以上、下手《へた》に動くのはかえって危険だ。

ここは待ちの姿勢で、臨機応変に動けるよう身構えておくのが正解だと思う。

二点目はワールドクエストを受けて世界がどう動いていくのか見極めるため。

特にダスティン、神言教がどう動くのか、慎重に見極める必要がある。

ダスティンがギュリエ同様敵に回るのは確定事項と思っていい。

そのダスティンがどう出てくるか。

その反応を見てこちらも対応を決めたい。

先手必勝とは程遠いかなり消極的な姿勢だけど、しょうがない。

もともとはダスティンやギュリエに気づかれないうちに、システムをぶっ壊してしまおうとしていたのだ。

システムを壊した反動で、人類の半数くらいは死ぬということに、気づかれないうちに。

うまくいけばそれに気づくのはシステムが壊れた後。

実際に人類の半数が死んで、もうどうしようもなくなった時になるはずだった。

それがワールドクエストのせいで覆された今、内々に事を進めるのは難しい。

ただ、ダスティンが動くにせよ、システムの崩壊を防ぐ手立てが向こうにあるのか否かでこちらの対応も変わってくる。

手立てがないのであれば放置しても構わない。

あるのであれば、私たちは全力でそれを阻止せねばならない。

それを探るためにもダスティンの反応を見なければならないんだよ。

そして三点目、今私たちはポティマスとの戦いを終えたばかりで、その戦後処理もまだ終わっていない。

転生者たちのこともあるし、すぐにここを放り出して動くことは難しい。

最後の四点目。

これが一番大きな理由なんだけど、白ちゃんの不在。

システムの崩壊は白ちゃんの担当だし、それ以外にも世界各地に分体を配置して監視してたり、転移での移動だったり、そもそもこの計画自体が白ちゃんの立案だったり、と。

とにかく白ちゃんがこの計画において占めているウェイトが大きすぎる。

白ちゃん不在ではできないことが多すぎて、動きようがないというのが本当のところだ。

ということをラースくんとソフィアちゃんに語って聞かせる。

「そういうわけで、いろいろ他のところの動きを見ながら、まずは戦後処理を終わらせちゃうのが現実的にできることだね」

つまり予定通りのことしかできない。

「なるほど。それでいいと思います」

ラースくんが納得したところで、血相を変えたフェルミナちゃんが駆け込んできた。

「ご報告があります」

「うん。聞こうか」

「ご主人様との連絡が途絶。ワールドクエストが発令された直後、転生者ヤマダシュンスケことシュレインが転移にて姿を消したとのこと。目撃者は白い蜘蛛《くも》がシュレインの頭に乗って消えたと証言しております」

「うん。白ちゃんの仕業だね」

白ちゃんとの連絡が途切れた理由は、まあ、その余裕がないからだろう。

ギュリエと戦いながらじゃ、さすがの白ちゃんでもそんな余裕はない。

が、今の報告を聞くに、白ちゃんはワールドクエストが発令されて、ギュリエとの戦いが始まるまでのわずかな間に動いていたようだ。

山田くんがどこに行ったのかは、ある程度予想がつく。

「そうか。計画よりもだいぶ早いけど、愛の巣に放り込まれちゃったかー……」

少しだけ、山田くんを不憫《ふびん》に思ってしまったよ。

山田くんの異母妹、スーレシア。通称スー。

彼女は白ちゃんに脅されてこちらに協力していたんだけど、白ちゃんはただ利用するだけじゃなく、きちんと褒賞を与えることにしていた。

何が欲しいか本人に聞いて返ってきた答えが、「兄様と二人っきりになれる愛の巣」だった。

白ちゃんは快く了承して、僻地《へきち》にその愛の巣を用意していた。

白ちゃん的にはスーちゃんの要望を叶《かな》えつつ、なにかとイレギュラーな山田くんを隔離できる、一石二鳥の案だったようだ。

私もその愛の巣がどこにあるのか知らないけど、転移でもしなければ人里にたどり着くのも困難な僻地にあるらしい。

そこに放り込めば、システムを崩壊させるまで山田くんが出てこれることはない。

一応、畑もあるし、近くには肉になる弱い魔物もいて、山菜も豊富という立地だそうで、生きていくのに困ることはないらしい。

システムが崩壊してステータスやスキルがなくなっても死にはしないだろうとのこと。

白ちゃん基準のことなので若干怪しい気もするけど、そこはスーちゃんと山田くんの二人で頑張ってほしい。

「しかし、どうするか……。主に山田くんを慕ってる女性陣への説明……」

山田くん、やたらモテてるからなぁ……。

正当な働きの報酬とは言え、当の山田くんの意思を無視して据《す》え膳《ぜん》として差し出されれば、結果は火を見るより明らか。

それに対して他の女性陣が納得するはずもない。

自分の与《あず》り知《か》らぬ土地で、どうしようもない状態で出し抜かれたとあっては、ねえ？

まあ、納得するにしても、しないにしても、私ですらその愛の巣の位置は知らないんだからどうしようもない。

諦《あきら》めるにせよ、草の根わけてでも行方《ゆくえ》を捜すにせよ、包み隠さず説明するくらいしかこちらからはできない。

その説明だってこっちにはする義務はないんだし、いっそのこと隠しちゃうのが双方のためかもしれないな。

「まあ、そういうわけだから、どこまで説明するかはフェルミナちゃんの裁量に任せるよ。ただ、命の危険はないってことだけは最低限伝えてくれるかな？」

「お任せ下さい」

とりあえず山田くんを慕う女性陣への説明はフェルミナちゃんに丸投げしておく。

山田くんの命の危険はないし、こちらとしてもそんなに本腰入れて対応する案件でもないしね。

……命の危険はなくとも貞操の危険はあるが。

と、そこでフェルミナちゃんがいまだこの場にとどまっていることに気づく。

優秀なフェルミナちゃんが、命令を受けたにもかかわらずすぐさま動き出さない理由。ああ。

「白ちゃんのことなら心配いらない」

「そうですか」

ホッとしたようなフェルミナちゃんの態度で、私の予想が当たってたことを確信する。

この子、連絡が途絶したことで白ちゃんのこと心配してたんだな。

なんだかんだ白ちゃんって慕われてるんだよなー。

不思議なことに。

ソフィアちゃんといい、フェルミナちゃんといい、白ちゃんには割と酷《ひど》い扱い受けてる気がするのに。

……それを言ったら私も同じか。

最初は白ちゃんと敵対関係だったのに、今では絆《ほだ》されてるんだから。

人徳ってやつなんだろう。

……私以外には無口キャラで通してるくせに。

会話というコミュニケーションを必要最低限で済ませる癖に人徳も何もない気がする。

才能か？　人に好かれる才能か？

って、現在進行形でギュリエと死闘を繰り広げてるだろう相手に対して何を考えてるんだか。

ギュリエに対してはできれば死なないようにとか思ってたくせに、白ちゃんのことはみじんも心配してない。

まあ、それも、

「白ちゃんは絶対に勝つからさ」

そう、信じてるからね。

「だから白ちゃんの心配は何もいらない。私たちは私たちにできることをして、白ちゃんが帰ってきたときに笑顔で出迎えられるようにしておくこと。白ちゃんの仕事をこれ以上増やさないのが私たちの仕事だよ」

「了解しました」

フェルミナちゃんは心配事が片付いて肩の力が抜けたみたいだ。

実際にはまだその心配事は片付いていないわけだけど、私の言葉で安心は得られたようだ。

「ところで、それは何をしてるんです？」

そのフェルミナちゃんの目がゴミを見るかのような絶対零度のものになる。

その視線の先には芋虫状態になったソフィアちゃんがいた。

「ああ……。そういえばまだ縛られたままだったっけ。どうしたもんか……」

白ちゃん……。

山田くんの対処とかに気が回るんだったら、ソフィアちゃんの拘束も解いてから行ってほしかった……。

ずっと前にラースくんが同じように白ちゃんの糸で縛られていた時は、切断することもできずに、ラースくんごと焼き払うという強硬手段でようやく拘束を解くことができたんだよな。

その前例から考えると、ソフィアちゃんの拘束も本人ごと焼き払うくらいのことをしないと解けないんだけど。

「ふん」

話題に上った張本人であるソフィアちゃんは鼻を鳴らすと、その体を赤い霧に変化させ、いともたやすく拘束から抜け出してしまった。

これには私だけでなくラースくんやフェルミナちゃんも目を見開いた。

「自力で脱出できたの？」

「当たり前でしょ」

当然のように胸を張るソフィアちゃんだけど、それならもっと早く抜け出せばいいのに。

「ご主人様の前で抜け出したら、もっときついお仕置きが待ってるに決まってるじゃない」

考えが顔に出ていたのか、ソフィアちゃんが抜け出さなかった理由を語った。

それを聞いてそれもそうかと納得した。

白ちゃんの性格からして、自慢の糸から抜け出されたら絶対ムキになる。

今度は抜け出せないようにって、無駄に凝った術式を作り上げてソフィアちゃんを再度拘束したことだろう。

それが容易に想像できちゃうあたり、やっぱあの子ってお子様なんだよなー。

なんとなく弛緩《しかん》した空気が漂ったその時、それが来た。

《ワールドクエストシークエンス1。全人類への禁忌インストールを開始します》

「む？」

「お？」

反応できたのはラースくんと私だけ。

ソフィアちゃんとフェルミナちゃんは苦悶《くもん》の表情を浮かべながら倒れた。

ソフィアちゃんもフェルミナちゃんも気絶無効のスキルを持っているはずなのに。

ただ、その原因は事前に知らされているため判明している。

「まさかこう来るとはなー」

D様もまあ、思い切ったことをしてくるもんだ。

全人類への禁忌のインストール。

神言教がひた隠しにしてきた、禁忌。

その神言教の努力を一瞬にして無に帰す行為だ。

イヤー、はっはっは。

ダスティンが今どんな表情をしてるのか、非常に気になるところだね！

今頃神言教、というかダスティンは大慌てだろう。

おそらくダスティン以外のほとんどの人間はソフィアちゃんたちのように倒れているはず。

無事なのはあらかじめ禁忌をカンストしている私やダスティン、ラースくんのような一部の人間だけ。

ダスティンがトップに君臨する神言教の強みはずばり、巨大組織だということ。

ダスティンは優れた統率者ではあるものの、人間一人でできることには限界がある。

世界中にまたがり、それに見合う大人数の信者を抱えた大組織、それを意のままにできるのがダスティンの力。

その組織の人間のほとんどが、今は禁忌のインストールのために気を失っている。

つまり、神言教は現在機能不全を起こしているということだ。

当然、ダスティンの守りも薄くなっているだろう。

ダスティンを亡き者にする絶好のチャンス。

普段であればダスティンを殺すことに大きな意味はない。

あいつは支配者スキルの一つである節制の効果により、死んでも記憶を継承して転生する。

死んでから転生までに数年。

そこからさらに体が成長するまで数年かかるとはいえ、ダスティンがいない間は神言教という巨大組織がその穴埋めをし、世界を正常な形に保っている。

ダスティンがいない穴は決して小さくはないけど、埋められないほど大きすぎるものでもない。

それはポティマスが神言教という組織を今まで潰《つぶ》すことができていなかったことから明白。

ダスティンがいてもいなくても情勢に大きな変化はない。

が、今ばかりは事情が異なる。

この大一番にダスティンがいなくなれば、神言教は頭をもがれた烏合の衆となり果てる。

だけでなく、支配者スキルの権限の空きを作ることができる。

システム崩壊のキーとなる支配者権限の一つを、空白にすることができるのだ。

こちらが手にできるわけではないから有利になるわけではないけど、不利な状況をイーブンに持ち込む効果はある。

だから、このタイミングでダスティンを始末するのが最良。

……ただ、残念ながらその方法がない。

こちらからダスティンへ接触する方法は、白ちゃんの転移に頼ってたからね……。

ダスティンとの協力関係も、ポティマスを倒すための一時的なもの。

そのポティマスとの決戦に際し、白ちゃんの部下である白装束の連絡員とかもダスティンの元から は引き揚げさせてしまっている。

もともとギュリエと同じく、システム崩壊に伴う代償を知られればダスティンが敵対するのは目に見えていたからね。

敵陣に手駒を残しておくようなものだったし、白ちゃんがいればわざわざ連絡員を残さなくてもよかった。

何かあったら白ちゃんが突貫するだけでダスティンは亡き者にできただろうし。

ダスティン本人の戦闘能力は一般人と大差ないからね。

ただ、その白ちゃんが不在の今、ダスティンへと続く道はない。

絶好の機会であるのに、それをみすみす逃さざるをえない。

こうなるんだったら誰かダスティンの元に残しておくべきだったか？

でも、ポティマスとの戦いにはこちらも全力を尽くさざるをえなかったし……。

ハア。過ぎてしまったことを後悔しても仕方がないか。

好機を逃してしまったのは事実だけど、全人類への禁忌のインストールというのはこちらにとって悪いことじゃない。

むしろ追い風になりえる。

なんせ神言教の根幹を揺るがしかねないのが禁忌の内容だ。

ダスティンの側近は禁忌の内容も知らされているだろうけど、一般の神言教の聖職者や信徒たちはもちろん知らない。

昏倒《こんとう》から目覚めたとしても、神言教の混乱は収まらない、どころかさらに加速するだろう。

ダスティンならばそれも短期間で収めてしまえるかもだが、初動は確実に遅れる。

となると、その神言教の混乱に付け込めればいいんだけど……。

付け込むにしてもこの先のワールドクエストがどのように展開していくのか見えないのがなぁ。

ワールドクエストシークエンス1と言っていたな。

シークエンス1ということは、2以降もあるということだ。

2以降、どうなるのか見えないのが大いに不安だ。

禁忌を全人類にインストールするという、大規模なことをしでかしているんだ。

2以降も大きな動きがあるかもしれない。

むしろあると思っておいた方がいい。

なんせあのD様だし。

全人類への禁忌インストールだけでも現在の人類への影響は計り知れないのだ。

昏倒から目覚めた人々の阿鼻叫喚《あびきょうかん》の地獄絵図がすでに目に浮かぶ。

シークエンス2ではそんな混乱した人々に殺し合いを強制させるような爆弾が降ってきてもおかしくはない。

そうなればこちらにとってはありがたいくらいだけど、そううまくはいかないだろう。

結局のところ様子見。

というか様子見しか選択肢がない。

どうしたってエルフの里というこの場から素早く動くことはできないのだから。

白ちゃんがいない今、私たちの機動力は大幅に低下している。

つくづく白ちゃんの転移は便利すぎたと、いなくなってから思う。

まあ、白ちゃんがいたとしても、さすがに魔族軍と帝国軍の残党、さらに転生者たちと、これだけの大所帯をいっぺんに移動させることは難しかっただろうけど。

それが出来たら苦労はしな、い……？

そこまで考えて、私は自分がいる場所を思い出した。

ポティマスが作り出した、宇宙船。

植民できる星を探すために、長い航行を可能にした、居住区や生産区すらある、巨大宇宙船。

この宇宙船であれば、エルフの里に残っている人々を全員収容できるんじゃないか？

そして、ポティマスが昨日《きのう》の戦いで敗戦濃厚となった際、逃げ出すために動かしていたことから、この宇宙船にはすでに動かせるだけのエネルギーがしっかりと積んである。

「アリエルさん。僕は外の様子を見てくるよ。急にみんな倒れて、怪我《けが》人が出ているかもしれない」

ラースくんに声をかけられて思考の海から抜け出す。

「ああ、そうだね。確認は必要か」

言われてみれば、倒れた拍子にどこか打って怪我をしている人がいてもおかしくない。

何か重いものを運んでいる最中だったりしたら下敷きになっているかもしれないし、なんだったら水で顔を洗おうとしている最中に気絶して溺死《できし》なんてこともないとは言い切れない。

「とりあえず野ざらしで倒れたままにするわけにもいかないし、この際だから全員運び込んじゃおう」

「運び込む？」

「うん。この船に、ね」

私がちょっといたずらっぽく笑って言うと、ラースくんは少し驚いた表情をした後、すぐに納得したように頷《うなず》いた。

「なるほど。妙案ですね」

「でしょ？」

こういう時ラースくんは察しが良くて助かる。

この察しのよさのせいで白ちゃんに便利使いされてる感は否めないけど。

「私はこの船の動かし方をここで見ておくよ。ラースくんは外の様子見と、男性の運び込みをお願い。女性については、外でぶらついてるフィエルにやらせよう」

フィエルは、何か知らないけど帝国軍のロナントとかいう爺《じい》さんに引っ付いていた。

この期に及んで遊ばせておくのももったいないし、ほっつき歩いてた分、働かせよう。

「了解です」

「うん。重労働になるだろうけど、お願いね？」

ラースくんは苦笑しながら出ていった。

さて、

「ああは言ったけど、私車すら運転したことないんだよな。これ運転できるかな？」

宇宙船の運転がちゃんとできるかどうか、それが心配だった。

S5　進む世界変動

「ぅ……。つつ。ぬう……」

うめき声が聞こえ、そちらを見ると、ロナント様が顔をしかめながら目を覚ましたところだった。

「おはようございます。気分はどうですか？」

「ふん。いいわけなかろう」

ロナント様は寝かされていた床の上から、「よっこいせ」と言いつつ起き上がる。

ワールドクエストシークエンス１とやらが発令され、全人類に禁忌がインストールされた。

そのせいでロナント様をはじめ、この場にいる俺以外の全員が気を失う羽目になってしまっていた。

俺が気を失わなかったのは、あらかじめ禁忌をカンストしていたおかげだろう。

ただ、俺はその前にスーに一服盛られていたため、毒が抜けるまでの間動けなかったんだが。

その間はどうすることもできず、全員床に突っ伏していた。

毒が抜けて動けるようになってから、気を失っている面々を寝かし直した。

ロナント様のような高齢の方を床に寝かせるのはどうかと思ったんだが、ベッドは一つしかなかったのでしょうがない。

一応タオルなんかを下に敷いていたので、それで納得してほしい。

なぜロナント様をベッドで寝かせることができなかったのかと言うと、ベッドは現在、女子たちに占領されているからだ。

スー、ユーリ、あとそこに交ぜていいのか迷ったが、ぎりぎり一人分のスペースが余っていたのでカティアも寝かせている。

本当ならカティアの代わりにフェイを寝かせるべきだったのかもしれないが、体重の関係で断念せざるをえなかった。

フェイは人化しているとはいえ、元は巨大な竜だ。

見た目は人間と変わりないが、体重は元の姿のものから変わっていない。

ベッドに乗せると壊れそうだった。

幸い、気を失った瞬間元の姿に戻って大惨事、という事態にはならなかったので、ロナント様同様床で寝てもらっている。

元の姿に戻っていたらあの巨体だ。

狭い屋内にその体が入りきるわけもなく、この家の一角が吹き飛んでいたかもしれない。

夏目？

もちろん床だ。

「どのくらい寝ていたかの？」

「半日ほどです」

ロナント様が伸びをすると、腰のあたりからポキポキという音が聞こえてきた。

……やはり老体を床に寝かせるのはまずかったか。

いや、でも、女子と一緒にベッドで寝かせるわけにもいかないし……。

「あのー、その、すいません。床に寝かせてしまって」

「む？　おお！　かまわんかまわん」

ばつが悪くなって一応謝ると、ロナント様はベッドのほうを見て納得顔をし、からからと笑った。

「前線に出とれば野営など日常茶飯事じゃ。屋根があるところで寝られるだけましじゃよ」

「さすがです。でも、ロナント様なら転移で自宅に帰られるんじゃないですか？」

「仲間が野営してる最中に自分だけ自宅のベッドで安眠するわけにはいかんじゃろ。何かあった時の対応もできなくなるしの」

「ああなるほど。浅慮でした」

「儂《わし》の体調を最善の状態にして、戦場において最高の働きをさせるという意味では間違いではないがの。効率を求めるだけでは見えてこないものもあるということじゃ」

「勉強になります」

本当に、学園の授業だけではわからないこと、知らないことが多々ある。

「ユリウスに似て真面目《まじめ》じゃのう。まあ、お主はまだ若いし学ぶ機会はいくらでも……、このご時世だとないやもしれんの」

ロナント様はため息交じりにそうこぼした。

「ロナント様は今後、どうなると思いますか？」

「さて、わからんの。さすがにこのところの出来事は儂の理解の範疇《はんちゅう》を超えておる」

帝国の筆頭宮廷魔導士で、ユリウス兄様の師でもあるこの方でもわからないのなら、おそらく誰《だれ》もわからないだろう。

「本当ならばお主と語らいたいところではあるが、儂はこの禁忌とやらと向き合うのに集中したい。少々席を外すぞ」

「あ、はい」

「なに、この家のそばにはおる。何かあったら声を上げよ」

「わかりました」

ロナント様は厳しい表情をしたまま家から出ていった。

一人になって、あの禁忌の中身を確認するつもりなんだろう。

大丈夫だろうか？

禁忌は、あるだけで強烈な思念を叩《たた》きつけてくる。

『贖《あがな》え』

禁忌メニューを開いていなくても、その思念が途絶えることはない。

そして、禁忌メニューを開けば、その思念はより一層激しくなる。

俺は少し眺めているだけで顔が青ざめるくらい気分が悪くなった。

他の世界から転生してきた転生者である俺ですらそうなのだ。

俺はある意味部外者だからと、あの思念をどうにか受け流すことができた。

しかし、当事者であるこの世界出身の人々は、あの贖えと言う思念にどれだけ耐えられるか。

禁忌メニューの項目には転生履歴なるものもある。

その最初、おそらくシステムができあがった時の人生の記録を見たら、この世界出身の人たちは罪悪感に潰《つぶ》されてしまうんじゃないかと思ってしまう。

この半日で確認してみたが、俺の転生履歴は空白になっていた。

おそらくこの転生履歴には、この世界出身であればそれまでの前世、前前世などが表示されるんだろう。

どこまで詳細なことが書かれるのか、それはこの世界の元の住民でなければ確認できない。

が、システム各項目詳細説明やアップデート履歴の項目の中身が文字でびっしり埋め尽くされているのを見るに、かなり詳細に書かれているんじゃないかという予感があった。

書かれているだけならまだましで、前世以前の人生の記憶を思い出す仕掛けになっているかもしれない。

そうなると、今の人格にも影響が出そうだ。

魂が同じでも、生まれや育ちが変われば人格は変わる。

……スーがいきなりぐれたら嫌だな。

ああいや、けど、スーはもういろいろ手遅れか？

逆に前世とかを思い出して少しでもまともになれば……。

いやでもそれは他力本願というか、兄として妹にそれを求めるのは酷《ひど》いんじゃないか？

等々、悶々《もんもん》と過ごしていると、そのスーが目を覚ました。

しかし、目を覚ましてもベッドから降りることはない。

「兄様。私はどうして縛られているんですか？」

「自分の胸に手を当てて考えてみようか？」

「手が縛られているのでできません」

「手を当てなくても考えることはできるよな？」

何のことはない。スーは今両手両足を縛られている。

さっきやられた意趣返しじゃないが、自由にしておく理由もない。

異母妹の手足を縛る兄、そこだけ聞くと俺はやばい奴《やつ》になるが、その直前に同じく縛られたうえに薬まで盛られたのだから、これくらいの警戒は許してほしい。

「……どうぞ」

「なにがどうぞなんだ」

頬《ほお》を赤らめ、誘うような流し目をしてくるスー。

どうぞ、じゃないだろ、どうぞじゃ……。

俺が縛った異母妹によからぬことをするわけがないだろうが。

どうしよう……。薬を盛られた時点でわかりきっていたが、異母妹がおかしくなった。

いや、前々からブラコンが過ぎていてやばいとは思っていた。

が、さすがに兄妹で一線を越えるのはまずいとわかるくらいの分別はあった、はずだ。

あったよな？　……あったと思いたい。

とにかく、今はその分別がどこかに吹っ飛んでしまっている。

これが一時的なものなのか、それともずっとこのままなのか。

一時的な錯乱ならばいい。

だが、ずっとこのままだと困る。非常に困る。とんでもなく困る。

ワールドクエストなんていう、世界規模の大事件が現在進行形で起きているというのに、どうしてそれに重なるようにこんな個人的な問題が起きるんだ……。

世界的に見れば俺のこの問題なんてワールドクエストに比べればちっぽけなものだろう。

ただ、俺個人で見れば家族の問題で大問題だ。

後回しには、できないよな……。

というか、後回しにし続けたつけが今回ってきているんだ。

スーが俺に対して兄妹以上の感情を抱いているのは気づいていた。

あんなあからさまな態度で気づかない方がむしろおかしい。

おかしい、が、俺はそのことについて問題を棚上げし、今まで見ないふりをしてきた。

どうすればいいのかわからなかったからだ。

だって考えてもみてくれ。

俺は前世、平凡、モブ、そういった言葉が似あうような、どこにでもいる男子高校生だった。

かわいい妹なんていなかったし、かわいい幼馴染《おさななじみ》もいないし、実年齢イコール彼女いない歴だった。

女友達が全くいなかったわけではなく、ユーリの前世である長谷部結花《ゆいか》とか話せる女子はいたが、彼氏彼女の関係に発展する様子はみじんもなかった。

つまり何が言いたいのかと言えば、俺には男女の機微なんてまったくもってわからないということだ。

そんな俺にとって、兄に惚《ほ》れている異母妹というのは存在自体がファンタジーだ。

普通の女子でもどう対応すればいいのかわからないというのに、異母妹だぞ?

なおさらどうすればいいのかわからない。

一応俺自身は男女ではなく兄妹として、スーと接してきたつもりだ。

ただ、前世では一人っ子だった俺の対応が本当に兄妹の接し方として正しかったのか確証はない。

スーの様子を見るに、間違っていた気もする。

スーがブラコンになったのは幼いころの刷り込みによるところが大きいと俺は思っている。

俺とスーは物心ついたころから一緒に育ってきた。

そして、幼少期から俺は異世界転生物のテンプレのごとく、スキルの習得に励んでいた。

それがスーの目には「お兄様すごい」と映っていたようで、なつかれたのが始まりだ。

ただ、幼少期の頃《ころ》はそこまで切羽詰まってはいなかった。

俺とスーはかなり特殊な育ちゆえに、同年代と接する機会が極端に少なかった。

スーの場合は俺以外の男子と会う機会がほぼなかった。

だから、学園に入学し、俺以外の男子と接する機会が増えれば、自然と兄離れしていくと思っていたのだ。

家族愛と恋愛感情がごっちゃになって勘違いしているんだろうし、思春期になればおのずとそれを分けて考えることになり、そのうち好きな奴もできるだろうと。

が、俺の目論見は見事に外れ、スーはいつまでたっても兄離れしなかった。

このところはどこかよそよそしい態度をとっていたので、いよいよ兄離れの時が来たかと、安堵《あんど》とともに一抹の寂しさを感じていたのだが、今回のことでそれが勘違いだったと痛感した。

よそよそしくなったのは、俺たちに内緒で若葉さんたちに協力していたからなんだろう。

そして、その結果スーは父親殺しという、あってはならないことをしてしまった。

それがどれほどスーの心の負担になったのかはわからない。

だが、今のスーの暴走具合を見るに、決して軽いものではないだろう。

スーがよそよそしくなった時に、俺が相談に乗っていればこの事態は避けられたかもしれない。

正しい接し方がわからないからと、なあなあで済ませず、きちんと向き合っていれば、スーの異変にだって気づけたかもしれないのだ。

そこから俺が若葉さんたち相手にうまく立ち回れたかどうかはこの際関係ない。

スーの異変に気づけなかった。

それは明確な俺の落ち度なのだから。

それでも、俺はスーの想《おも》いに応《こた》えることはできない。

「俺は、スーの想いに応えることはできない。けど、ずっとそばにいてやることはできる。兄として。それじゃ、駄目か？」

我ながら、甘い判断だと思う。

俺だって聖人君子じゃない。

スーにどうして若葉さんたちに協力したんだと、詰め寄りたい気持ちはある。

そんでもってどうして俺に薬を盛って両手足縛って逆ほにゃららをしようとしてきたのか小一時間くらい問い詰めたい気持ちだ！

でも、今の情緒不安定にしか見えないスーにそんなことをすれば、取り返しのつかない事態になりそうで怖かった。

だからといって、スーの望むがままになるのも違うと思う。

一時の心の安寧のためにそういうことをするのは、俺にとってもスーにとってもためにならない。

今はそれでスーの気持ちが満たされても、そんな歪《いびつ》な関係はいつかきっと破綻《はたん》する。

その時が来れば、今以上に傷つくのはスーだ。

だから、俺は今ここで、俺とスーの関係を正常なものにしなければならない。

ただの、普通の兄妹として。

俺はじっとスーの目をまっすぐ見つめながら返答を待った。

「……兄様は、ずるいです」

そろそろ見つめ合い続けるのが気まずくなってきたころ、スーは不意にそっぽを向き、そう言ってきた。

そしてそれっきり明確な言葉を発することなく、ぐずぐずと泣き出してしまった。

泣かせてしまった。

ど、どうすればいい？

どうすれば正解なのかさっぱりわからないが、ここで逃げたらまた振出しに戻るような気がする。

恐る恐るスーの頭に手を伸ばし、そっと頭をなでる。

これが正解だとは思わないが、何もせずにこのまま呆然《ぼうぜん》としているのもなんだかなと思うし。

俺は仕方なく、スーが泣き止《や》むまで頭をなで続けた。

……ちなみに、この時すでにカティアは目が覚めていたようだが、空気を読んで寝たふりをしてくれていた。

ついでにこっそりユーリに睡眠の状態異常をかける魔法までやっていた。

ユーリが起きたらカティアのように空気を読むなんてことしないだろうしな……。

《ワールドクエストシークエンス２。神々の戦いに祈りでもって介入せよ》

「……来たか」

スーが泣き止んだ頃、正確に言えば泣いている時間があまりにも長すぎるためにウソ泣きを疑い始め、それが確信に変わって、なでていた頭にアイアンクローをすべきか本気で悩み始めた頃、ワールドクエストシークエンス２が発令された。

タイミングもちょうどよかったので、それに合わせて俺はスーの頭から手を離し、そばを離れた。

その際スーからは不服そうな気配がしていたので、やっぱり途中からウソ泣きだったのだと確信した。

こいつ、この状況で甘えていたのか……。

やはりアイアンクローをして少しは灸《きゅう》をすえたほうが良かっただろうか？

俺がスーから離れたのに合わせてカティアも何食わぬ顔で起き上がり、ユーリを起こした。

それで魔法で眠らされていたユーリは「はっ⁉」っと目覚めた。

寝ぼけているユーリの意識がしっかりするのを待つ間、俺は禁忌メニューを開いて確認した。

『禁忌メニュー
システム概要

システム各項目詳細説明
アップデート履歴
ポイント一覧
転生履歴
特殊項目n%I=W
ワールドクエスト』

最後にワールドクエストという項目が増えている。

なぜこのタイミングで増えたのか、それはこのワールドクエストが禁忌の内容を知っていることが前提になっているからだろう。

シークエンス1で全人類に禁忌をインストールし、シークエンス2でこのワールドクエストの項目を作り、その中身を周知させるということなのだろう。

俺は恐る恐るそのワールドクエストの項目を開いた。


『現在、システムの核となっている女神サリエルはその負荷に耐えられず消滅の危機に瀕《ひん》している。白き神はシステムを破壊し、システムを運転させていたエネルギーでもって星の再生を完了させ、女神サリエルの消滅の阻止と解放を目指している。ただし、この方法を選択した場合、人類の約半数はシステム崩壊の副作用によって死亡、または魂の消滅を迎える。それをよしとしない黒き神は白き神を止めるために戦いを挑んでいる。白き神が勝利した場合は人類の約半数を犠牲とし、女神サリエルと星が救われる。黒き神が勝利した場合は女神サリエルとその後任となる黒き神を犠牲とし、人類と星が救われる。人類はどちらかの神に祈りを捧《ささ》げることにより、祈りを捧げた神にわずかに力を送ることができる』

「これ、は……」

衝撃的な内容。

衝撃的過ぎて、まず何から確認すればいいのかわからないほどの。

「決選投票、いえ、決戦投票とでも言うべきでしょうか」

カティアもワールドクエストの内容を見たのか、そう呟《つぶや》いた。

決戦投票。言いえて妙だ。

白き神と黒き神、どちらかに祈りを捧げ、力を送る。

それによって力の均衡を崩すのが、この決戦投票。

「これは、人類を救うか、神を救うかの、二択ということなのか」

そしてその勝敗には、この世界の命運がかかっている。

人類を救うか、神を救うか。

どちらを救い、どちらを見捨てるのか、それを決めろと言うのだ。

この世界を救うために生贄《いけにえ》となり、今までその身を削られ続けてきた女神サリエル。

その女神サリエルのためにこの世界を見守り続け、その意志を引き継ごうとしている黒き神。

この世界にとって、この世界の人々にとって、大恩ある二柱の神。

彼らを救うか、それとも自分たちを救うか、その二択で、選べと。

「なんて、酷な選択をさせるんだ！」

こんなもの、どちらも選べるわけないじゃないか！

どちらを選んだとしても、失うものが多すぎる。

「何か、何かどっちも救う方法はないのか!?」

「ないからこの状況になっておるのじゃろうよ」

その声にハッとして振り向くと、ロナント様が戻ってきたところだった。

「神がどれほどの力を持つのか、儂《わし》にはわからぬ。じゃがな、儂は人の弱さをよく知っておる。人は、弱い」

「だから、この状況を覆す力はないと？」

「その通りじゃ」

その言葉にカッとなった。

「ユリウス兄様なら諦《あきら》めなかったはずだ！」

ユリウス兄様だったら、この状況でも諦めなかったのは間違いない。

なのに、そのユリウス兄様の師でもあるロナント様がなぜそんな弱気な発言をするのか。

「そうじゃな。だが、ユリウスは死んだ」

ロナント様に言われた言葉に、俺は怒りと悲しみを感じたが、納得もしてしまった。

ユリウス兄様は最期のその時まできっと諦めなかっただろう。

それでも、ユリウス兄様は志半ばで、亡くなってしまった。

誰《だれ》もが笑って暮らせるような、平和な世の中にしたいと語っていたユリウス兄様。

あのユリウス兄様でも、成し遂げられなかったのだ。

「儂らはちっぽけな存在じゃ。そんな儂らが足掻《あが》いたところで、できることなぞたかが知れておる」

歯を食いしばってうつむいた。

ロナント様の言う通りだ。

俺は、ついこの前、無力感を味わったばかりだ。

「じゃが、ユリウスがそうであったように、死ぬまで諦めない選択肢もある」

「え？」

うつむけていた顔を上げる。

「人は弱い。諦めなかったからといって成しえることの方が少ない。此度のことだってそうじゃ。死ぬまで諦めなかったとしても、どうにもならんじゃろう。それは無駄死にじゃ。じゃが、挑戦しないことには始まらないこともまた事実。できぬとはなから決めて諦めるか、無駄死にを恐れず諦めずに足掻くか。お主はどうする？」

ロナント様が試すように見つめてくる。

「そんなの答えは決まっていますよ」

俺はまっすぐにロナント様の目を見つめ返す。

俺は、ユリウス兄様の後を継ぐと決めたのだから。

そして、ユリウス兄様は諦めなかった。

「上等じゃ」

にやりとロナント様が年に似つかわしくない、いたずらっ子のような笑みを浮かべる。

「では、作戦会議と行こうかの！」

俺は、諦めない。

幕間　ダスティン

神言教の総本山であるこの聖アレイウス教国、その行政府は常にない慌ただしさに包まれていた。

念話の上位スキルである遠話のスキル持ちを総動員し、各地に派遣されている遠話持ちに連絡を入れている。

神言教はこうして世界中に情報網を広げ、逐次何かあれば私の耳に入るようにしていたのだが、今回はその逆。

こちらから情報を拡散するのが目的だ。

「どのような詭弁《きべん》を弄《ろう》しても構わん！　なりふりかまうな！　なんとしてでも黒龍《こくりゅう》様、黒き神に祈りを捧げるよう、民衆を説得するのだ！　この際扇動でもなんでもやるのだ！」

遠話持ちが唾《つば》を飛ばしながら叫ぶ。

こうなったのもすべて、ワールドクエストとやらのせいだった。

おかげ、と言うべきかもしれぬ。

シークエンス1にて、全人類に禁忌が配られた際は頭を抱えた。

禁忌を見れば神言教のしていること、その意味が理解できてしまう。

それがわかれば、人心は神言教から離れてしまう。

元より、神言教の権威失墜は織り込み済みであった。

どのような結末になろうとも、神言教の発足理由と、これまでしてきたことを考えれば、いつかは消え去る宗教だ。

しかし、それは今では早すぎた。

まだ、神言教という私にとっての手足を失うには早すぎる。

黒龍様たちの戦いの結末を見届けるまでくらいは、神言教は存続していなければならなかった。

その予定を呆気《あっけ》なく打ち崩してしまった、ワールドクエストシークエンス1。

だが、続くワールドクエストシークエンス2にて、光明が見えた。

神言教の失墜はもはや止めることはできない。

しかし、まだ民衆は混乱している。

神言教には今まで信者が心のよりどころとしてきた実績がある。

時が経《た》てば人心も離れようが、今ならまだ聞く耳も持たれる。

時間との勝負だ。

人心が離れる前に、少しでも多くの人々に黒龍様に祈りを捧げてもらう。

時が経ち、混乱が収まり、人々が冷静になった時、そうと誘導した神言教は誹《そし》りを受けようが、元より滅びることを前提としていたのだ。

少しばかり予定が早まったという、ただそれだけのこと。

神言教という大きな手札を手放さねばならぬタイミングとしてはベストとは言い難い。

しかし、少なくともベターにせねばならない。

「教皇様！」

険しい顔で遠話で会話をしていた一人が駆け寄ってくる。

表情を見ればそれが吉報ではないことがわかる。

「何か問題が？」

「はい。教会が何者かに破壊されたということです」

「……すでにそのような行動をとる地域も出てきたか」

予想はしていたことだ。

人は信頼していたものに裏切られた時、激しい憎悪を持つ。

親愛の強さがそのまま反転し、憎悪となるのだ。

であれば、心のよりどころとしていた宗教に裏切られていたと知れば、どうなるか。

簡単に予想がつく。

「いえ。それが、どうやら民衆が暴徒と化したなどではないようです」

「なに？」

予想と反する答え。

では、いったいなにが？

「空を飛ぶ巨大な円盤が通り過ぎ、その際に教会が破壊されたということです」

「……やられたか」

空を飛ぶ円盤。

そんなものを所有しているのはただ一人。

いや、所有していた、だな。

ポティマス・ハァイフェナス。

あの男が作った兵器か何かだろう。

そして、あの男が死んだ今、その兵器を接収できた人物は、ポティマスを倒したアリエル様しかいない。

となれば、教会を破壊したのもアリエル様だと考えるのが自然だ。

「教皇様！」

別の遠話の使い手が声を上げる。

「そちらも空飛ぶ円盤に教会を破壊されたという報告か？」

「は、はい」

「場所は？」

そして教会の破壊された街の場所を確認し、地図で位置を照らし合わせる。

そうしている間にも同様の報告が多数上がってくる。

移動速度が速い。

さすがポティマスの作ったものだけある。

業腹だが、あの男の優秀さは認めねばならない。

「……まっすぐエルロー大迷宮に向かっているか」

割り出された空飛ぶ円盤の進路は、まっすぐエルロー大迷宮に向かっていた。

その途上にある街の教会をついでに破壊しているようだ。

そう、ついでだ。

教会を破壊しているのはついでであり、こちらへのささやかな嫌がらせでしかない。

アリエル様の目的は、エルロー大迷宮に我々よりも早く到達すること。

ワールドクエストの概要には、神々の戦いの他にもう一つ、システムの崩壊を止める手立てが書かれている。


『システムの崩壊はエルロー大迷宮最奥にあるシステム中枢にて行われる。すでに白き神によりシステム崩壊の準備は進められており、これを止めるには白き神を打倒するか、システム中枢にて支配者権限を有する者がセキュリティーキーを操作し、緊急停止措置を取らねばならない』


つまり、支配者権限を持つ者がエルロー大迷宮の最奥に直接赴く必要があるということ。

私は支配者権限持ちだ。

私が赴くのが一番確実。

アリエル様とてそれはわかっていよう。

だからこそ、エルロー大迷宮に先回りして我々を迎え撃つ準備をしようというのだ。

こちらの方が地理的に近いと油断していた。

これではアリエル様がたのほうが早くエルロー大迷宮に到着する。

転移を自在に操る白様を黒龍様が抑えてくれているからと、悠長にしていたのは失敗だったか。

ポティマスが討たれるのを確認する前に発つべきだった。

……いや。

その時はまだ、アリエル様がたの目論見はわかっていなかったのだ。

予想はできていたとはいえ、ポティマスを共に討つという共同体制をとっていたあの時に、裏切るようなまねはできなかった。

悔やんでも仕方がない。

アリエル様がたのほうが先にエルロー大迷宮に到着し、そこに陣取り守りに入ることはもう確定してしまった。

それよりも、今はこちらの対処をしなければ。

「教会が破壊された街の様子は？」

「やはり神罰なのではないかという不安の声がささやかれているようです」

やはり、そうなるか。

この時期に教会が人知を超えた空飛ぶ円盤などというものに破壊されたとあれば、そのように捉《とら》えられても仕方がない。

神言教への不信を加速させる、アリエル様の嫌がらせだ。

「どうしますか？　このままでは……」

「……現地の神官に、白き神を信奉している旨の発言をさせろ」

「は？」

呆気にとられる遠話使いたち。

だが、方法はこれしかない。

悪辣《あくらつ》だと罵《ののし》られようと、手段を選んでいられる段階はとうに過ぎた。

神言教の人心離れが加速した地で、神官が白様を信奉する発言をすればどうなるか？

反発から黒龍様への祈りを捧《ささ》げるものも出よう。

「なるべく民衆を煽《あお》るような演説をするのだ。そのうえで白き神の名を出せ」

そのような演説をした神官の行く末がどうなるか……。

だが、やらねばならない。

私の決意を感じ取ったのか、遠話使いたちが遠話を始める。

……すまぬ。

すべての責は私にある。

だからこそ、私には責務を全うする義務があるのだ。

アリエル様がエルロー大迷宮に先に到着するのであれば、それもよし。

先回りができないのであれば、少しでも多くの祈りを黒龍様に捧げさせるべく、行動する。

なに、これでも大昔は大統領選を制して大統領になった男だ。

票の集め方は、熟知している。

間章　魔王の初動

「見ろ！　人がゴミのようだ！」

「アリエルさん、それ、悪役のセリフですよ」

「言うて私たち悪役みたいなもんだし？」

「……たしかに」

「バルス！」

「アリエルさん、それ唱えるとこの船壊れた挙句に宇宙に飛び立ってっちゃうんですけど」

「宇宙船だし間違っちゃいないかも」

「……たしかに」

そんな割としょうもないことを喋《しゃべ》りながら、空の旅を満喫する。

宇宙船は問題なく動かすことができた。

そして現在、私たちは途中通過する街の教会を破壊するという神言教への嫌がらせをしつつ、エルロー大迷宮に向かっている。

白ちゃんとギュリエの戦いが始まり、ワールドクエストシークエンス2が発令されたことで、私たちの取るべき道は見えた。

シークエンス2で禁忌に追加されたワールドクエストの項目。

それを見ることによって、人々はこの戦いがどういうものなのか、そしてどうするのが勝利条件なのかを理解したことだろう。

第一に白ちゃんとギュリエ、両者の戦いの結末だ。

はっきり言えばこの勝敗が両陣営の勝敗をそのまま表していると言っても過言じゃない。

システムの崩壊を起こせるのは白ちゃんだけであり、その白ちゃんが健在であればこちらの勝ちだし、白ちゃんが敗れればシステムを崩壊させることはできなくなる。

けど、この二人の戦いに私たちが介入する術はない、はずだった。

それを覆したのが、シークエンス2だ。

神々の戦いに祈りでもって介入、これにより、白ちゃんとギュリエ、二人っきりの戦いが、この世界の全人類を巻き込んだものになった。

祈った対象の神を強化する。

おそらく強化される力は微々たるものだろう。

それが一人の祈りであれば。

一人一人の祈りの力は微々たるものでも、それが積み重なれば大きな力となりうる。

その力は、勝敗を覆しかねない。

本来ならば介入することなんてできなかった天上の戦い、それに介入する権利が人々に与えられたのだ。

「他人事《ひとごと》じゃなくて、当事者としてこの世界の人たちにどっちを選ぶのか決めさせようってわけね。味なまねをしてくれるじゃない」

ソフィアちゃんが感心しながらも毒づく。

このルールならば、戦う力のない人間ですら白ちゃんとギュリエの戦いに介入できてしまう。

すべての人々に公平にチャンスが与えられる。

どちらかを選択させる、D様らしいやり口だ。

そのらしさは、祈ることによって禁忌が消滅するという点に表れている。

そう、どちらかの神に祈りを捧げれば、禁忌を消すことができるようなのだ。

禁忌の発する贖《あがな》えという思念、それは人の精神を追い詰めるのに十分な威力を発揮する。

私やダスティンは慣れたものだけど、慣れない人間ならばノイローゼになってしまうだろう。

その原因である禁忌を消せるのならば、そりゃ祈るだろうね。

どちらも選ばないというのは、すなわち今後もずっと禁忌と付き合っていくということ。

それは相当な覚悟がなければ選択できないだろう。

どっちを選んでもつらい選択を選ぶか、禁忌を残す覚悟で中立を貫くか。

なんにしても地獄。

実に実にD様らしい。

まあ、どっちを選んでもつらいとはいえ、おそらく人類の選択は決まってるんだよなぁ。

誰《だれ》だって自分の身が一番かわいいのだから。

自分と恩人、天秤《てんびん》に乗せてどちらに傾くかは、ねえ？

「まったく。こう来るとはねー……」

白ちゃんならばそれでも勝つと信じたい。

が、楽観できないのもまた事実だった。

「とは言え、私たちは私たちのできることをするしかない」

それこそが、第二の勝利条件。

向こうの、ね。

エルロー大迷宮最奥にあるシステム中枢に支配者権限持ちが乗り込み、システムの崩壊を緊急停止させるというもの。

私たちはそれを阻止せねばならない。

だから宇宙船をかっ飛ばして、エルロー大迷宮に向かっているのだ。

ダスティンたちよりも先に乗り込み、防衛態勢を整える。

防衛失敗はすなわち、こちらの敗北を意味する。

こちらの勝利条件は白ちゃんが勝利し、さらに私たちが防衛を成功させなければならない。

向こうはギュリエが勝利するか、こちらの防衛を突破してシステムの崩壊を緊急停止させるか、どちらかを達成すること。

こっちは両方達成しないといけないのに対し、向こうは片方だけでいい分有利だ。

白ちゃんが頑張っているんだから、こっちも絶対に防衛を成功させなければならない。

そう意気込んだ。

《ワールドクエストシークエンス3。各代表の主張。魔王アリエル》

「むおっ⁉」

だから、いきなり聞こえてきた神言に驚いて、情けない声を出してしまった。

いきなり名指しされたのも驚いてしまった理由だ。

そして、その変な声がそのまま頭の中で二重に聞こえてくる。

「え？　なにこれ？」

思わずつぶやいた声も頭の中で同時に響いてくる。

「アリエルさんの声が、頭の中で」

「え？　私だけじゃないの、これ聞こえてるの？」

「はい」

ラースくんが頷《うなず》く。

ソフィアちゃんを見ると、ソフィアちゃんも頷いていた。

そこで、とても、そう、とーっても嫌な予感がしてしまった。

「え？　これ、まさか、全人類に生放送とか、そんなわけないよね？」

ワールドクエストシークエンスは今まで、全人類に影響が出ていた。

ということは、まさか、これも、全人類に聞こえているんじゃないか？

しょっぱなの情けない声から、ここまで全部！

「う、ああああー！」

その可能性に思い当たり、思わず情けないうめき声をあげてしまった。

……このうめき声さえ、全世界に響き渡ってしまっているかもしれないとはわかりつつ。

幕間　両者の主張

『あー……。うんっ！　締まらない出だしになっちゃったけど、そこの部分は忘れてほしい。ぜひ』

『さてと。それで、なんだっけ？　主張だっけ？』

『主張。主張ねえ……』

『そうは言ってもさ、正直あんまり語ることってないんだよね』

『だって、私は人類に期待してないからさ』

『そりゃそうでしょ。こんな状況になるまでのうのうと暮らしてたような連中に、何を期待しろっての？』

『サリエル様がさ、命を賭《と》してこの世界を存続させてくれたっていうのに、今の今までその恩を忘れてるんだもん』

『それからどんだけの年月が経《た》ったと思う？　禁忌の履歴を見れば大まかな年月はわかるっしょ』

『まあ、それをあえて忘れさせようと歴史から抹消した奴《やつ》がいるからっていうのもあるけどさ』

『それでもずーっとはたから見てきた私としては、もう怒りを通り越して失望してんだよね』

『こんな連中を救うためにサリエル様は犠牲になったのかって思うと、ね』

『人類はさ、過去に自分らが救われるためにサリエル様を生贄《いけにえ》にすることを選択した。だったらもう今回だってどんな選択をするのかって、目に見えてんじゃん』

『だから期待なんかしないし、説得しようとも思わない』

『でも、これだけは言っとく』

『勝つのは私たちだ』

『誰も、それこそサリエル様本人ですら救おうとしないのなら、私がサリエル様を救う』

『たとえ人類の半数以上を犠牲にしようとも』

『そっちがサリエル様を犠牲にしようってんなら、そっちが犠牲になる覚悟だって、あるはずだよね？』

『だから宣言させてもらう』

『私こそが、二代目魔王アリエル』

『魔族の王として、システムに指名されてきたまがい物じゃない、真なる魔王』

『サリエル様を解放するために、全人類の抹殺を目指した初代魔王フォドゥーイの遺志を継ぎ、私は人類に宣戦布告する』

『人類よ、女神のために、死んでくれ』

《神言教教皇ダスティン》
名前を呼ばれる。
アリエル様が指名された時、こうなることは予想できていた。
私以上にこちらの陣営で代表にふさわしい人間はいない。
ならば、こうして指名されるのは必然。
そうなるだろうと予測できた時からすぐに、脳内で演説内容を考えていた。

しかし、その内容は全《すべ》て、アリエル様の演説で吹き飛んでしまった。

票を集めるつもりもなく、まったく媚《こ》びることなく、自らとその仲間の力だけで勝つと断言してみせた。

そして、全人類に対して宣戦布告してみせ、女神のために死んでくれと、そう真正面から言い切ってみせた。

その在り方は、なんと、眩《まぶ》しいことか。

「……」

すでに全人類への私の言葉の放送は始まっているのだろう。

しかし、私は口を開けずにいた。

そのまま数分、沈黙し続ける。

「……長い、辛苦の時を過ごした」

ようやく絞り出した声は、やけにかすれているように思えた。

「これまでに、積み上げてきたものが、多くある」

システム稼働直後の混乱期を、仲間とともに乗り越えようともがいていた時。

初代魔王フォドゥーイがその牙《きば》をむき、全人類が絶滅の危機にすらさらされた時。

初代勇者と肩を並べ、その危機を乗り越えた時。

一度目の生を終え、二度目の生の中、時代が移り変わっていくのをこの目で見ていた時。

世代が変わり、システム稼働前の世界を知る者がいなくなっていくのに、置いて行かれるような寂しさを感じた時。

絶望へと沈んでいく人々のよすがを作るため、神言教という組織を作り上げた時。

その時その時で、私は最善の行動をすることを心掛けてきていた。

しかし、あとから思い返せば、もっとうまく事が運べたのではないかと、反省することは膨大で。

しょせんこの身はただの一介の人間に過ぎないことを、何度も思い知らされた。

何度も何度も。

最善を心掛けながらも、失敗ばかり。

それでも一歩一歩。

積み上げてきた。

善行も、罪科も、なにもかもを。

すべては人族を救うためだけに。

「私は、私の積み上げてきたものを信じる。ゆえに、余計な言葉は不要」

もっと、らしい演説があったはずだ。

アリエル様があのような演説をしたのであれば、巧みな話術でもって人心をこちらに向けることは容易《たやす》かったはずだ。

それでも、私には、それを口にすることができなかった。

「私こそが、ダズトルディア国最後の大統領にして、最初の神言教教皇ダスティン。恥知らずにも、女神サリエル様に対して恩を仇《あだ》で返し続けている男だ」

こんなことを言えば、人心が離れることになると、頭の冷静な部分が告げている。

だが、最後くらいは、虚飾にまみれた私の本音を語っておきたかった。

いつだって心苦しかった。

この名は永遠に侮辱され続けねばならぬと思っていた。

……そうだ。

私は、私自身が、私の行いが、大っ嫌いなのだ。

「それでも、私は選択した。恩を仇で返すことになろうとも、人類を救うと。だからこそ、最後まで全うせねばならぬ義務が、私にはある」

それでも、一度選択した以上は、貫き通さねばならぬ。

「私は人族を救う。どんな手を使ってでも。だから……」

大きく息を吸う。

この言葉は、重い。

「神々よ、人類のために、死んでくれ」

アリエル様の演説とは、真逆の宣誓。

もっといい演説があっただろう。

だが、これでいい。

口にした以上、私はもう、後戻りできない。しない。

神々を犠牲にしてでも、人族を、人類を救おうぞ。

《それぞれの主張、完了》

私の言葉が終わった直後に響き渡る神言。

いつもの、長い時の中で聞き続けたサリエル様の声。

《それでは》

しかし、続く言葉は、聞き覚えのない声。

《かくて舞台は整えり。さあ、この世界に生きる人々よ。選択せよ。行動せよ。ワールドクエストシークエンス最終章。邪神が目的を果たすか否か》

普段の機械もかくやという温度を感じさせないサリエル様のアナウンスとは違う、どこまでも凍《い》てついていくかのような底冷えする声。

聞いているだけで鳥肌が立ちそうになる、何者かの言葉。

思い当たるのはたった一人。

黒龍様が助力を願い、システムを構築してくださった神。

《さあ、私を楽しませてください》

その神の言葉こそが、始まりの合図だった。

世界の行く末を賭《か》けた戦いの。

エピローグ　＆　プロローグ

魔王と教皇、両者の主張は私の耳にも届いていた。

勝つのは私たちだ、か。

そんなこと言われちゃさ、負けるわけにはいかないじゃん。

「負けられないな、お互いに」

対峙《たいじ》している黒が苦笑気味にそう言ってきた。

あっちにも両者の主張は聞こえていたようだ。

教皇の主張はなんというか、悲痛な叫びにも聞こえた。

ああ、この人は苦しみながら、それでもこの道しか選べなかったんだな、っていうのが伝わってくる言葉だった。

悪い人じゃないし、むしろ高潔な人だっていうのがよくわかる演説だったよ。

何かが違えば、敵じゃなくて味方として轡《くつわ》を並べることもできたのかもしれない。

それは目の前の黒にしてもそう。

私たちは憎み合ってるわけじゃない。

むしろ、人格的には好感さえ抱いている。

ただ、それでも戦わなければならない。

お互いに譲れないものがあるのだから。

ならば全力で戦うのみ。

「勝つのは私たちだ」

だからこそ、敬意を表して私は宣言する。

「私も、負けるわけにはいかぬ」

お互いに譲れないものがある。

お互いに守りたいものがある。

お互いにプライドをかけた戦い。

敵は管理者ギュリエディストディエス。

この世界を見守り続けてきた、見守り続けることしか許されなかった、龍の神。

この世界の人類の希望を背負った守護神。

相手にとって不足はなし。

それでも、勝つのは私たちだ。

たとえ全人類の想《おも》い、力を背負っていようとも、打ち砕いてみせよう。

「行く」

「参る」

そして私とギュリエディストディエスの戦いが再開した。

あとがき

こんにちは。馬場翁《ばばおきな》です。

今年も残すところあとわずかになりました。

そして、このシリーズもまた残すところあとわずかです！

なんと来年の年明けすぐに次の巻にしてシリーズクライマックスである十六巻が発売（予定）なのです！

つまり二カ月連続刊行です。

二カ月連続刊行です！

大事なことなので二回言いました。

なぜに二カ月連続刊行などという無謀な試みに挑んでしまったのか？

それは十四巻の執筆が終わった後の担当編集との打ち合わせでの発言に端を発します。

「次の十五巻でたぶん最終決戦の準備回になって十六巻が最終巻になると思うんですけど、そうなると十五巻が盛り上がりに欠ける気がします」

はい。

この十五巻を読み終わった方々はお分かりかと思いますが、なんとこの十五巻、バトルらしいバトルが一回もないのです。

ベッドウェー開戦っぽいものならありましたが。

まあ、一応白黒決戦は始まってますが、それも十六巻のほうが本番ですし……。

物語的には必要なんですが、どうしてもこの十五巻は十六巻への繫《つな》ぎ回にならざるをえない。

十四巻の発売が一月で一年近く間が空いていることもあり、それで果たして読者の皆様方に満足していただけるのか？

そこが心配だったわけです。

で、ポロッと。

「いっそのこと十六巻と同時刊行か二カ月連続刊行にしちゃいます？」

ポロッとね！　言っちゃいましたね！

「じゃあ二カ月連続刊行で行きましょう」

そして担当編集のW女史は頑張ってその通りに実現させちゃいました。

はっはっは！

そこから始まるのは二カ月連続刊行に向けた執筆地獄の日々！

何度！　何度！　「迂闊《うかつ》なこと言ったー！」と後悔したことか！

これまでもね、「ＯＫＯＫいけるいける」で、迂闊なこと言って後悔しているのに、学習しない人間である。

何度自分で自分の首を絞めれば学習するのか。

こうして翁は人々に迂闊なことを言ってしまう愚かさを教え広めるのでした、完。

あ、まだ終わってない？

はい。

まあ、そんなわけで私は苦労しましたが、おかげで間を置かずに十五巻十六巻を皆様のお手元にお届けすることができる体制が整いました。

十六巻もこうご期待です。

ここからはお礼を。

イラストの輝竜《きりゅう》　司《つかさ》先生。

私が苦労したということは輝竜先生もハードなスケジュールに巻き込まれたということ！

ホントすいません……。そしてありがとうございます！

漫画版のかかし朝浩《あさひろ》先生とスピンオフコミックのグラタン鳥《どり》先生。

今年は忙しくてネームの確認とか遅くなったりしてすいません……。そしてありがとうございます！

アニメ制作に携わってくださった皆様。

監督の板垣伸《いたがきしん》様はじめ、多くの方々に支えられたおかげでアニメも無事二クールを終えることができました。

この場を借りてアニメに携わってくださった方々にお礼申し上げます。ありがとうございます！

担当W女史。ね、私がね、急に二カ月連続刊行とか言い出したがためにね、スケジュールの調整とかでいろいろご迷惑をね、おかけしました……。ごめんなさい！　そしてありがとうございます！

半分くらい謝罪になってしまいましたが、この本を手に取ってくださった全《すべ》ての方々とアニメを視聴してくださった方々には純粋なお礼の気持ちを。

ありがとうございます！

お便りはこちらまで

〒102－8177
カドカワBOOKS編集部　気付
馬場翁（様）宛
輝竜司（様）宛

カドカワBOOKS

蜘蛛《くも》ですが、なにか？ 15

2021年12月10日　初版発行

著者／馬場《ばば》　翁《おきな》

発行者／青柳昌行

発行／株式会社KADOKAWA

〒102-8177
東京都千代田区富士見2-13-3
電話／0570-002-301（ナビダイヤル）

編集／カドカワBOOKS編集部

印刷所／暁印刷

製本所／本間製本

Printed in Japan
ISBN 978-4-04-074354-7 C0093

新文芸宣言

かつて「知」と「美」は特権階級の所有物でした。

15世紀、グーテンベルクが発明した活版印刷技術は、特権階級から「知」と「美」を解放し、ルネサンスや宗教改革を導きました。市民革命や産業革命も、大衆に「知」と「美」が広まらなければ起こりえませんでした。人間は、本を読むことにより、自由と平等を獲得していったのです。

21世紀、インターネット技術により、第二の「知」と「美」の解放が起こりました。一部の選ばれた才能を持つ者だけが文章や絵、映像を発表できる時代は終わり、誰もがネット上で自己表現を出来る時代がやってきました。

UGC（ユーザージェネレイテッドコンテンツ）の波は、今世界を席巻しています。UGCから生まれた小説は、一般大衆からの批評を取り込みながら内容を充実させて行きます。受け手と送り手の情報の交換によって、UGCは量的な評価を獲得し、爆発的にその数を増やしているのです。

こうしたUGCから生まれた小説群を、私たちは「新文芸」と名付けました。

新文芸は、インターネットによる新しい「知」と「美」の形です。

2015年10月10日
井上伸一郎